Eulogizing China

诗 颂 中 华

雪落在中国的土地上

李少君　王昕朋　丁鹏　主编

中国青年出版社

图书在版编目（CIP）数据

雪落在中国的土地上 / 李少君，王昕朋，丁鹏主编 .

北京：中国青年出版社，2024. 12. -- ISBN 978-7 -5153-7505-2

Ⅰ . I227

中国国家版本馆 CIP 数据核字第 2024ZH9329 号

雪落在中国的土地上

李少君　王昕朋　丁　鹏　主编

责任编辑：岳　虹

封面设计：鸿儒文轩·末末美书

出版发行：中国青年出版社

社　　址：北京市东城区东四十二条 21 号

网　　址：www.cyp.com.cn

编辑中心：010-57350401

营销中心：010-57350370

经　　销：新华书店

印　　刷：三河市华东印刷有限公司

规　　格：880mm×1230mm　1/32

印　　张：8

字　　数：165 千字

版　　次：2024 年 12 月第 1 版

印　　次：2024 年 12 月第 1 次印刷

定　　价：68.00 元

新诗的中国式现代化路径（代序）

丁　鹏

　　"白话作诗"的新诗是"五四"文学革命的突破口，也是中国文学走向现代化的开端。如钱理群所说，1918 年 1 月，《新青年》4 卷 1 号发表白话诗九首，"就宣告了中国现代文学的诞生"。按照严家炎的说法，中国文学现代化的起点比工业、农业、国防和科技的现代化的起点要早整整三十年。而在中国文学中新诗又是最早走向现代化的文体。

　　虽然相比于"在鲁迅手中开始，又在鲁迅手中成熟"的现代小说，新诗的成熟要晚一些。但如果按照波德莱尔意义上的"现代性"就是每一个"新"事物或"新"时代所具有的那种特性，那么立志要新于一切已有诗歌的"新"诗，则体现出文体本位的对现代性的高度自觉。

　　虽然早在五四时期中国文学的现代化就已经率先开始，但"现代化"一词在中国被广泛使用，则要迟至 1933 年 7 月上海

1

《申报月刊》发起的对于"中国现代化问题"的大讨论。当时东北三省和热河已经被日本占领，冀东 22 县也在日伪的势力范围之内。出于拯救民族危亡的迫切，该刊痛心疾首地呼吁，中国要赶快顺着"现代化"的方向进展。

20 世纪 30 年代的上海作为亚洲最大的国际贸易中心和金融中心，是中国现代化程度最高的城市。依托其繁荣的都市消费文化，倡导现代主义的《现代》杂志创刊，并形成了以戴望舒、卞之琳、何其芳等为代表的现代诗派。主编施蛰存认为"纯然的现代诗"应该表现"现代人在现代生活中所感受到的现代的情绪，用现代的词藻排列成的现代的诗形"。

现代诗派的诗学与实践对推动新诗的现代化发挥了十分重要的作用，不仅在于其对现代性的深刻把握与自觉追寻，更在于其某些主张对中国传统诗学观念的继承与转化，某种程度上弥合了新诗与旧体诗的断裂，也有力地回应了梁实秋对初期"新诗，实际就是中文写的外国诗"的尖锐质疑。游国恩认为："（20 世纪）30 年代，戴望舒与卞之琳二人，一南一北，一主情一主知，与其他诗人一起，合力打造了中国式的现代主义诗歌。"虽然新诗具体在谁的手中成熟，学界未有定论，例如有戴望舒、卞之琳、艾青等不同说法，但一般认为是现代诗派以其突出的创作实绩，以及丰富的理论建设将新诗推向了成熟。

但正如前面《申报月刊》专号所描述的，当时的中国国民经济整体处于"低落到大部分人罹于半饥饿的惨状"，国防也正面临侵略者铁蹄的践踏。当日本发动全面侵华战争以后，再去书写大都市新潮的现代生活与现代人寂寞感伤的情绪，已经与国内情势、与时代主题相脱节。因此，现代诗派所建构的新诗现代化道路还需要进一步地拓展。

1937年全面抗战爆发后，曾是《现代》杂志作者的艾青写下名作《雪落在中国的土地上》。时代的旗帜引导艾青修正写作的方向，而艾青也自信为新诗找到了"可以稳定地发展下去的道路：现实的内容和艺术的技巧已慢慢地结合在一起"。此后，他为中国人民奉献了他最动人的作品《北方》《我爱这土地》《黎明的通知》……正像吴晓东所评价的艾青诗歌"背后正蕴涵了一种深沉的力量，反映着民族坚忍不拔、自强不息的精神"。

虽然20世纪30年代的诗人们通过探索，已经逐渐意识到应该将现代主义与古典诗词或现实生活相结合，但新诗革命所遗留的"新与旧""中与西"的对立，仍旧是困扰不少诗人的诗学难题。直至1938年，毛泽东明确提出要"把国际主义的内容和民族形式"紧密结合起来，创造"新鲜活泼的，为中国老百姓所喜闻乐见的中国作风和中国气派"，将民族化议题提升到了与现代化同等重要的高度，引发了关于新诗民族形式问题的大讨论。学习民歌形式，又蕴含现代思想的"民歌体叙事诗"是新诗民族化的成果之一，代表作有李季的《王贵与李香香》、张志民的《王九诉苦》，以及新中国成立后发表的阮章竞的《漳河水》等。

而力扬1940年发表的文章则从新诗的民族形式出发展望了新诗的中国式现代化方向："诗的民族形式，是发展了自由诗的形式，它必须吸收民间文学适合于现代的因素，接受世界文学进步的成分，并切实地实践大众语的运用，而贯彻以现实主义的创作方法。"这为新诗，描绘出了一幅既拥有文化自信自强，又具有开放包容精神的中国式现代化蓝图。

1942年5月，延安文艺座谈会召开。毛泽东谈道，"我们的文学艺术都是为人民大众的"，将20世纪30年代"左联"所倡导的"文艺大众化"问题提升到了政治的高度，同时又基于文艺自身的规律，"反对只有正确的政治观点而没有艺术力量的所谓'标语口号式'的倾向"。"讲话"将文艺的自律与他律紧密地结合了起来，一定程度上纠正了抗战诗坛提倡战斗性、忽视艺术性的偏颇。新诗大众化运动还促进了20世纪40年代朗诵诗运动的开展。朱自清在《论朗诵诗》的末尾预言，配合着现代化，朗诵诗会"延续下去"。的确，改革开放新时期以来，以王怀让为代表的朗诵诗仍显示出旺盛的生命力。

除了积极参与朗诵诗的理论建设，朱自清还在中国第一个明确提出"新诗现代化"的课题。1943年2月，苏联取得斯大林格勒战役的胜利，抗战形势向好的方向扭转。同年9月，朱自清在《诗与建国》一文中写道："我们现在在抗战，同时也在建国；建国的主要目标是现代化，也就是工业化。……我们迫切地需要建国的歌手。我们需要促进中国现代化的诗。"朱自清将新诗现代化置于建国大业的宏大背景及中国诗歌史演变的历史进程中加以探究，并将新诗现代化作为自己诗学追求的核心。正如李怡所说："朱自清的探索表明……只有扎根于中国文学深厚的传统才能创造出新诗。在这个意义上，朱自清探索的是中国人'自己的'现代化之路。"

1945年，抗战取得完全胜利。1946年，西南联大解散，迁回北京。读书人终于有了一张安静的书桌。1947—1948 年，时任北京大学西语系助教的袁可嘉先后发表了《新诗现代化》《新诗现代化的再分析》等一系列文章集中探讨新诗现代化问题。他主张将现代主义与现实主义、民族传统高度融合，创作出综合"现实、象征、玄学"的"包含的诗"。能代表这一诗学追求的诗人有冯至、穆旦、郑敏、陈敬容、杜运燮等。两年前，朱自清在《诗与建国》中与国际接轨，甚至"迎头赶上"的新诗现代化愿望，似乎正变成现实。例如，许霆判断，中国新诗派"在 20 世纪 40 年代的崛起表明，中国新诗与世界诗潮开始了同步的演变和发展"。

新中国成立后，一方面，随着新诗大众化趋势的逐渐加强以及诗人们政治热情的不断高涨，朗诵诗进一步发展为政治抒情诗，贺敬之、郭小川是这一诗体的代表性诗人。另一方面，随着工业化的发展，以"石油诗人"李季为代表的工业诗人为新诗现代化增添了工业化的题材。再者，随着祖国统一的进程，此前很少进入诗人视野的塞外边疆风景、少数民族风情成为书写的对象，扩展了新诗民族化的内涵和外延。

1956 年 4 月，毛泽东正式提出"百花齐放，百家争鸣"方针，为新诗的中国式现代化营造了可贵的开放、包容的氛围和环境。同年 8 月，为贯彻"双百"方针，中国作协等单位发起了"继承诗歌民族传统"的大讨论，深化了对于新诗民族化的探讨。1957 年 1 月，中国唯一的国家级诗歌刊物《诗刊》创刊，毛泽东在给《诗刊》编辑部的信中肯定和支持了新诗的发展。在贯彻"双百"方针方面，《诗刊》陆续发表了以新诗现代化为追求的冯至、穆旦、杜运燮、唐祈等诗人的诗作，唐湜的诗论，卞之琳的译诗等。

然而，从1957年下半年开始，"双百"方针受挫。1958年，作为新诗向民歌和古典学习的路径尝试，以工农兵为创作主体的"新民歌运动"在全国范围内轰轰烈烈地开展，将新诗大众化推向了高潮，但也迅速落潮。一方面，对新诗主体性的剥夺，使新诗逐渐走向"非诗"，口号化的创作模式也偏离了延安文艺座谈会"反对只有正确的政治观点而没有艺术力量的所谓'标语口号式'"诗歌的理论指引；另一方面，脱离现代化的大众化或民族化探索，使得以"新"为特色的新诗不自觉地滑向了"旧"的窠臼。

1965年，《诗刊》被迫停刊。以穆旦为代表的一部分诗人仍坚持现代化的诗艺的探索，正如王佐良评价穆旦写于1975年、1976年的诗："他的诗并未失去过去的光彩"。1976年1月，《诗刊》复刊。1978年3月，第五届全国人大第一次会议通过宪法，将"双百"方针写入总纲第十四条，"双百"方针重新得以实行。

1978年12月，《今天》创刊，"今天"的命名本身就带有强烈的现代性自觉。以北岛、舒婷为代表的朦胧诗派继承了现代诗派、七月诗派、中国新诗派等前辈诗人们新诗现代化的经验，并注重对民族传统的吸收，以充满启蒙理想与崇高精神的诗作，恢复新诗的主体性，重拾人性与诗歌的尊严。

1979年1月，《诗刊》社召集召开了全国诗歌创作座谈会。艾青、冯至、徐迟、贺敬之、李季等诗人在会上作了发言，卞之琳、阮章竞等诗人参加了座谈会。座谈会聚焦新诗现代化问题，听取了英美等国诗歌现状的介绍，探讨了诗与民主等议题。与会诗人认为诗人必须使自己的思想、感情和行动适应现代化的要求，既要继承我国的民歌、古典诗歌等优秀传统，也要借鉴外国的一切好东西，努力使新诗达到现代化、民族化和大众化；并提出了重视少数民族文艺创作、儿童诗创作、重视培养青年诗人等建议。同年3月，《诗刊》以《要为"四化"放声歌唱——记本刊召开的诗歌创作座谈会》为题发表了上述会议纪要；还发表了徐迟的《新诗与现代化》一文，认为新时期诗歌工作的重点要转移到社会主义现代化的新诗创作上来。

上述发言和文章，使人很容易联想到中国新诗派在20世纪40年代有关"新诗现代化"的探讨，包括袁可嘉的《新诗现代化》《诗与民主》等文章。1981年，中国新诗派诗人诗歌合集《九叶集》出版，归来的诗人们继续着自己的新诗现代化志业。1988年，袁可嘉的理论专著《论新诗现代化》出版。受"中国式社会主义"概念的启发，袁可嘉还明确提出了"中国式现代主义"的诗学概念，其"在思想倾向和艺术方法两个方面，与西方现代主义有同更有异，具有中国自己的特色"。

到1985年前后，面对西方文化的大量传入和市场经济的飞速发展，以韩东、翟永明等为代表的"新生代"诗人选择了"最能体现时代的样式"，从"现代主义"走向了"后现代主义"。但正如韩克庆所说，后现代主义是对"现代性的延续和调整，它是对现代性弊端的批评，而不是对现代性的终结"。"新生代"诗人的反叛仍然在促进新诗向现代化的方向发展。

90年代诗歌继承了80年代诗歌新诗现代化的努力与探索，同时也对80年代诗歌的启蒙倾向与纯诗倾向进行了反思。诗人们褪去了英雄的光环或"逆子"的标签，诗歌也隐退到市场经济的边缘。诗人们选择在个人化和日常化的基础上进一步修复、调整现代性与现实、历史、传统、本土的关系，进而构建可持续的新诗中国式现代化路径。如王家新、孙文波等诗人提出的"中国话语场"概念，以及中国新诗派的代表诗人郑敏这时提出的"汉语性"概念等。

新世纪以来，随着互联网的逐步普及，网络诗歌迅猛发展，并经历了从诗歌网站到博客，再到如今公众号、短视频、小红书等传播媒介和话语场域的更新与迭代；随着高校的扩招，创意写作学科的发展，驻校诗人制度的形成，《诗刊》社"青春诗会"、鲁迅文学院培训班、网络诗歌课程等来自官方、学院、社会等力量的联合培养，使得新世纪的诗歌创作向更加专业化、规模化的方向发展。

2014年10月，文艺工作座谈会召开。习近平总书记谈道，"文艺创作不仅要有当代生活的底蕴，而且要有文化传统的血脉"，同时"必须认真学习借鉴世界各国人民创造的优秀文艺"，并指出"现代小说、现代诗歌等都是借鉴国外又进行民族创造的成果"，强调要以"孜孜以求、精益求精的精神"打造精品，"要适应形势发展，抓好网络文艺创作生产"等，为党的十八大以来的新诗的中国式现代化发展提供了战略性引导。

2022年10月，习近平总书记在党的二十大报告中明确提出"中国式现代化"。贺桂梅说："全球性现代文明的危机和人类科技及产业革命，迫切需要探索一种具有想象力的未来发展的可能性。'中国式现代化'是从人类文明史高度提出的新理论，不仅关涉中华民族的命运，也将塑造人类文明史上的新形态。"

以中国式现代化理论为指导，2024 年 7 月，中国作协与浙江省委宣传部共同主办"首届国际青春诗会——金砖国家专场"，来自 9 个国家的 49 名外国青年诗人参加，进一步加强我国诗歌和世界诗歌的交流互鉴，以诗歌的形式参与构建人类命运共同体。

同年 9 月，由《诗刊》社、新疆兵团文联、八师石河子市共同主办的"新诗的中国式现代化道路"研讨会召开。与会诗人在长达一天的研讨中畅谈新诗的中国式现代化议题。老诗人杨牧在发言中希望"中国诗人在新时代找到最贴近时代和人民的语言，创作具有底蕴和新意的现代诗歌"。评论家陈仲义认为"新时代的诗歌，要在继承与薪传的基础上，以创新为最高准则与目标"。

也许新诗永远不会有完美的模型或范式，在中国式现代化的道路上，新诗将随着时代的发展不断创新，永远现代。正如鲁迅所说："北大是常为新的，改进的运动的先锋，要使中国向着好的，往上的道路走。"同样，起源于北大的新诗也是常为新的，总能发时代之先声，引领思想与文化的浪潮。相信未来，新诗也必将在"以中国式现代化全面推进强国建设、民族复兴"的"这一前无古人的伟大事业"中发挥重要的推动作用。

目录

阿垅的诗

艾青的诗

公木的诗

卞之琳的诗

郭沫若的诗

郭沫若（1892—1978），原名郭开贞，四川乐山人。1921年组织文学学社"创造社"，出版《女神》。《女神》是中国第一部成熟的新诗集。1926年参加北伐。1927年参加南昌起义。全面抗战爆发后创办《救亡日报》。1946年参与国共谈判。1948年底北上，参与筹备新政协会议。曾担任政务院副总理、文化教育委员会主任、中国科学院院长。

炉中煤

——眷念祖国的情绪

啊，我年青的女郎！
我不辜负你的殷勤，
你也不要辜负了我的思量。
我为我心爱的人儿
燃到了这般模样！

啊，我年青的女郎！

你该知道了我的前身？
你该不嫌我黑奴卤莽？
要我这黑奴的胸中，
才有火一样的心肠。

啊，我年青的女郎！
我想我的前身
原本是有用的栋梁，
我活埋在地底多年，
到今朝总得重见天光。

啊，我年青的女郎！
我自从重见天光，
我常常思念我的故乡，
我为我心爱的人儿
燃到了这般模样！

立在地球边上放号

无数的白云正在空中怒涌，
啊啊！好幅壮丽的北冰洋的情景哟！
无限的太平洋提起他全身的力量来要把地球推倒。
啊啊！我眼前来了的滚滚的洪涛哟！

啊啊！不断的毁坏，不断的创造，不断的努力哟！

啊啊！力哟！力哟！

力的绘画，力的舞蹈，力的音乐，力的诗歌，力的 Rhythm 哟！①

我是个偶像崇拜者

我是个偶像崇拜者哟！

我崇拜太阳，崇拜山岳，崇拜海洋；

我崇拜水，崇拜火，崇拜火山，崇拜伟大的江河；

我崇拜生，崇拜死，崇拜光明，崇拜黑夜；

我崇拜苏彝士、巴拿马、万里长城、金字塔；

我崇拜创造的精神，崇拜力，崇拜血，崇拜心脏；

我崇拜炸弹，崇拜悲哀，崇拜破坏；

我崇拜偶像破坏者，崇拜我！

我又是个偶像破坏者哟！

太阳礼赞

青沈沈的大海，波涛汹涌着，潮向东方。

光芒万丈地，将要出现了哟——新生的太阳！

---

① Rhythm，今在诗中常译作律吕，节奏、韵律、节拍的意思。

天海中的云岛都已笑得来火一样地鲜明！
我恨不得，把我眼前的障碍一概划平！

出现了哟！出现了哟！耿晶晶地白灼的圆光！
从我两眸中有无限道的金丝向着太阳飞放。

太阳哟！我背立在大海边头紧觑着你。
太阳哟！你不把我照得个通明，我不回去！

太阳哟！你请永远照在我的面前，不使退转！
太阳哟！我眼光背开了你时，四面都是黑暗！

太阳哟！你请把我全部的生命照成道鲜红的血流！
太阳哟！你请把我全部的诗歌照成些金色的浮沤！

太阳哟！我心海中的云岛也已笑得来火一样地鲜明了！
太阳哟！你请永远倾听着，倾听着，我心海中的怒涛！

天上的市街

远远的街灯明了，
好像闪着无数的明星。

天上的明星现了，
好像点着无数的街灯。

我想那缥缈的空中，
定然有美丽的街市。
街市上陈列的一些物品，
定然是世上没有的珍奇。

你看，那浅浅的天河，
定然是不甚宽广。
那隔河的牛郎织女，
定能够骑着牛儿来往。

我想他们此刻，
定然在天街闲游。
不信，请看那朵流星，
那怕是他们提着灯笼在走。

胡风的诗

胡风(1902—1985)，原名张光人，湖北蕲春人。1926年肄业于清华大学英文系。1933年在上海加入左联，历任宣传部长、常务书记。《七月》杂志创办人之一、《希望》杂志主编。1948年参加第一届文代会，1949年参加政协，为全国第一届政协委员、人大代表。曾任全国政协常委、全国文联委员、中国作家协会顾问。著有诗集《野花与箭》《为祖国而歌》等。

我从田间来

我从田间来，
蒙着满脸的灰尘——
望望这喧嚣的世界，
不自由地怯生生。

我从田间来，
穿着一身的老布衣——

在罗绮丛中走过，
留下些儿泥土的气味。

我从田间来，
心想再听不见哀音——
才踏入这外边的世界，
声声的苦叫刺痛了我的心。

我从田间来，
远别了慈祥的笑脸——
身儿在这里奔驰，
心儿在那里盘旋。

我从田间来，
带着赤心一颗——
遇着新奇的事儿，
要印上花纹朵朵。

我从田间来，
抱着热血满腔——
叫我洒向何处呢，
对着无际的苍茫？……

旅途

我抱着褪色的梦，
徘徊在荒野的路上；
空中掠过凄清的雁声，
四面是无际的寒茫——
我知道这就是暮了。

我背着褪色的梦，
在暮色寒茫里前进；
前面是逶迤的松林，
前面是浩漫的黑影——
我就颓然地坐下了。

我倚着褪色的梦，
在萋萋的衰草里；
望着迷蒙的月影，
听着隐约的柝声——
我默想众生都被祝福了。

我靠着褪色的梦，
昏昏地睡去了；

醒来时，
月儿已归，
四周已黑——
呵，拥抱罢，
我的好友，黑夜！

给——

我在深深地思，
你在殷殷地问，
幼小的你啊，
你嫩芽似的心儿上，
怎染得这人世的风尘？

总有那一天吧？
夕阳低挂在西天边，
小林里微风清醒；
你我轻轻地相倚，
诉给你满腹的忧伤，
我饱经风尘的脸色上，
将拂过你长叹的气息。

或者是：

在一个深秋的黑昏，
在一个古巷的深处，
我们相携着的手儿，
互送一星星的热气，
听着那隐隐传来的
呜咽的断续的琴音。
那时候请你静听罢，
它是在倾诉我的心境。

也许在一个无际的平原，
我骑着灰色的马儿驰骋，
一扬鞭，
一纵身，
向着茫茫中长隐。
那时候请你悬想罢：
我是在奔赴我的梦境，
将带给你片片的福音。

现在呢：
炉火犹温，
更深人静，
忘掉罢，
忘掉这一切罢！
安息罢，

寻你的好梦去罢!
我要拖着沉重的双脚,
一步一步地
踏着阴湿的道儿归去。

献给大哥

一

江中有狂浪,
路上有黄尘,
你只一步一步地,
踏着自己的阴影。

你的脸像古铜,
你的手指似圆芋,
你的髭须短黑而蓬蓬,
你常带忠勇的深思和微笑,
映着目光的炯炯。

我将抱你而狂呼!
我将抱你而狂吻!
你身上的汗香和灰味,

带来了慈母的温存。

二

这大城的阳光，
并不比乡间热烈，
我憔悴的脸色，
并不比往日更憔悴，
你何须惊异呢？

你欲拂去这世纪的悲哀，
用你火热而赭色的双手；
你数百里外送爱心来，
我用颤抖的心心承受。

不必再用隆隆的话语，
表达你的挚爱与深忧，
在见面的一瞬时间，
我已读尽了你全部的心曲。

三

江风里的黄昏，
清凉之感
将更使你的爱心沸腾？
而我给你带去的空虚，

会更凄凉了你的阴影。

桨声摇着帆影，
颤动在山水之间；
老人的颜色，
稚子的欢声，
你依然寻得着你的迷恋。

我呢？
将披着满身的黄沙，
抱着褪色的梦儿，
飘摇地，
随着脚跟而流转！

苟有一个深冬之夕，
风儿怒号，
雨儿奔腾，
在怪鸟的呼叫里，
飞来了浩漫的歌声，
那么，听罢，听罢，
它就是我的鬼灵！
它就是我的鬼灵！

为祖国而歌

在黑暗里　在重压下　在侮辱中
苦痛着　呻吟着　挣扎着
是我的祖国
是我的受难的祖国！

在祖国
忍受着面色的痉挛
和呼吸的喘促
以及茫茫的亚细亚的黑夜，
如暴风雨下的树群
我们成长了

为了明天
为了抖去苦痛和侮辱的重载
　　朝阳似的
　　绿草似的
　　生活含笑，
祖国呵
你的儿女们
　　歌唱在你的大地上面

战斗在你的大地上面
喋血在你的大地上面

在卢沟桥

在南口

在黄浦江上

在敌人的铁蹄所到的一切地方，

迎着枪声　炮声　炸弹声的呼啸声——

祖国呵

为了你

为了你的勇敢的儿女们

为了明天

我要尽情地歌唱：

用我的感激

　　　我的悲愤

　　　我的热泪

　　　我的也许迸溅在你的土壤上的活血！

人说：无用的笔呵

　　　把它扔掉好啦。

然而，祖国呵

就是当我拿着一把刀

　　　或者一支枪

在丛山茂林中出没的时候罢

依然要尽情地歌唱

依然要倾听兄弟们的赤诚的歌唱——

迎着铁的风暴

　　　　火的风暴

　　　　血的风暴

歌唱出郁积在心头上的仇火

歌唱出郁积在心头上的真爱

也歌唱掉盘结在你古老的灵魂里的一切死渣和污秽

为了抖掉苦痛和侮辱的重载

为了胜利

为了自由而幸福的明天

为了你呵，生我的　养我的　教给我什么是爱

　什么是恨的　使我在爱里恨里苦痛的

辗转于苦痛里但依然能够给我希望给我力量的

我的受难的祖国！

饶孟侃的诗

饶孟侃（1902-1967），江西南昌人。1916年入清华学校学习。1927年后历任复旦大学、暨南大学、安徽大学、浙江大学、西北联合大学和四川大学等校教授。曾与闻一多、徐志摩等探讨新诗格律等问题，主张诗要同韵，讲平仄，并曾参加编辑《新月》杂志。新中国成立后任四川大学、中国人民大学外文系、北京外交学院英语系教授。

家乡

这回我又到了家乡，
前面就是我的家乡：
远远的凝着青翠一团；
眼前乱晃着几根旗杆。
转个弯小车推到溪旁，
嘶的一声奔上了桥梁；
面前迎出些熟的笑容，
我连忙踏步走入村中，

故乡啊仍旧一般新鲜，
虽然游子是风尘满面！

你瞧溪荷还飘着香风，
歌声响遍澄黄的田陇，
溪流边依旧垂着杨柳，
柳荫下摇过一只渔舟。
听呀：井栏边噗噗洗衣，
炊烟中远远一片呼归，
算命的锣儿敲过稻场，
笛声悠扬在水牛背上。
这回我又到了家乡，
前面就是我的家乡。

醉歌

伙计们，就干了这杯罢！
咱这儿还有几壶莲花白。
这大冷天儿烤着炉火，
那里有杯酒斜阳的可爱？

伙计们，咱再干一杯罢！
你瞧那太阳也像个醉汉；

他歪躺在西山的背后，
把玉泉山塔当酒瓶儿玩。

伙计们，再干了这杯罢！
要说这年头儿真不相干；
就让他们打翻了太阳，
咱还能抱着这一只酒罐。

起来

起来，一切的儒夫都起来！
鸡声已经历乱在纸窗棂外；
快一点，你看东方已经白透，
趁早打开柴门，扛起锄头。
闪动的人影儿在田塍上走，
喂！这正是你们上工的时候。

起来，一切的儒夫都起来！
这爽气，清光叫人看了真爱。
你瞧，今儿个天气又晴又好，
一早燕子就在池塘里洗澡。
赶快牵出牛来喂它一顿饱，
别荒了田园自己都不知道。

爱

人惯把爱当作食粮，
忘了它是理想的虹
偶现在天边，是幻梦；
忘了人只凭那光芒
和美彩去寄托希望，
免得黑暗乘着虚空
到处斑斓；
　　食指一动，
不等到口便想去尝。
尝：等到满嘴是酸麻
苦辣，便拿愁眉苦眼
去叫卖，还信口开河
说这就是爱，这昙花
你去供养——凭这鲜艳
就该你去替他讴歌。

山河

我不等天明就上了山，

借星光望自己的山河
原野，望烟瘴外的津关：

想起古人真值得讴歌，
鸡一啼他就起来舞剑，
防那边塞隐伏的干戈。

记得当年只烽火一现，
是个好男儿都会弯弓
跨马，去救多事的中原。

还有长城那时更威风！
它始终锁着，不让胡笳
来篡夺琴和瑟的光荣，

可是今回锦绣的华夏，
只剩些酣歌醉眠的人，
他只怨弟兄不恨冤家。

难道这噩梦真的不醒？
请问如今咱们的同胞，
谁是神州共傲的子孙？

失却的光荣有谁去找，

谁雪得了当前这耻辱，
来披大家献上的锦袍？

你听，那沙场上的鼙鼓
已经在催壮士们出来；
为什么你还恋着妻孥？

只要是山河还留得在，
反正有的是名胜地方，
就算不幸你进了泉台，
也会造纪念你的庙堂。

汪静之的诗

汪静之(1902—1996),安徽绩溪人。湖畔诗社创立人之一。历任北伐军总司令部政治部编纂人员,《革命军日报》《劳工月刊》编辑,安徽大学、暨南大学中文系教授,商务印书馆特约编辑,复旦大学中文系教授,人民文学出版社编辑等。曾任浙江省文联委员、中国作家协会浙江分会顾问。著有诗集《蕙的风》、《寂寞的国》、《诗二十一首》、《湖畔》(合集)。

蕙的风

是那里吹来
这蕙花的风——
温馨的蕙花的风?

蕙花深锁在园里,
伊满怀着幽怨。
伊的幽香潜出园外,

去招伊所爱的蝶儿。

雅洁的蝶儿，
薰在蕙风里
他陶醉了；
想去寻着伊呢。

他怎寻得到被禁锢的伊呢？
他只迷在伊的风里，
隐忍着这悲惨而甜蜜的伤心，
醺醺地翩翩地飞着。①

蕙花深锁在花园，
满怀着幽怨。
幽香潜出了园外。
园外的蝴蝶，
在蕙花风里陶醉。
它怎寻得到被禁锢的蕙？
它迷在熏风里，
甜蜜而伤心，翩翩地飞。②

---

① 1922年《蕙的风》首次出版，以上四节为最初版本。
② 1957年《蕙的风》再版，汪静之将原本的四节修改后合为一节。

于是诗人笑了

微笑的晨光，
像诗一样地流着，
蜜蜜地吻着浑大的世界，
吻着晨兴的年青的诗人；
一切都蕴酿着笑意，
含着超越的清快。
于是诗人笑了。

他环视各各都凝着
平和与安宁。
乐趣沸在他的心头，
忍不住地经过他的唇边和靥间，
眼里和眉上，
从容地涌现出来。

诗人随便什么都忘着了，
这是再丰美没有的慰藉啊，
世界的清快更超越了，
于是他又随意地笑了。

我把心压在海洋底下

我把心压在海洋底下，
　　教它永远沉沦；
但它却掀起惊涛骇浪，
　　日夜不停地跳跃奔腾。

我把心窖在火山里面，
　　教它化成灰烬；
但它却使烈火更加怒喷，
　　烧焦了满天的白云。

我把心埋在冰山之中，
　　教它冻死在这冰坟；
但它却使那坚冷的冰山，
　　化作水流滚滚。

登初阳台

闲对着孤独的桂树，
　　这样的倦，这样的无聊！

想要做梦又睡不去，
　　想要吹箫又吹不成调。

无端地跑上了初阳台，
　　只觉得天地太窄小。
真没有可游的地方呀，
　　世间是无处不烦恼。

仰天想问什么又问不出，
　　突然发一阵狂笑。
但我只想痛快地哭呀！
　　我心里是无限的寂寥。

采得山花也丢了，
　　折得野草也抛了，
痴看着湖面波纹隐现，
　　呆听着风号竹叶萧萧。

那白云浮在冷清清的空中，
　　何等悲凉，何等静悄！
我是无处可归的白云呀，
　　东西南北地飘摇。

我若是一片火石

我若是一片火石，
　　不愿埋在荒凉的山底，
我要去找打火的铁刀，
　　请它把我痛击：
我只要发一星美丽的火花，
　　不管击碎我的身体！

我若是一根火柴，
　　不愿睡在冷落的匣里，
我要去找有磷的匣面，
　　请它把我烧起：
我只要开一朵璀璨的火焰，
　　把我焚毁了我不惜！

我若是一颗露珠，
　　不愿在草上像一滴泪；
我要迎迓太阳的照临，
　　和它拥抱亲嘴：
我虽然只甜蜜得一分钟，
　　把我消散了我不悔！

我若是一瓣雪花，

　　不愿飘在黯淡的天际，

我要飞到热烈的火炉上，

　　在那里跳舞游戏：

我为了仅仅一秒钟的欢舞，

　　愿把我的生命作牺牲！

戴望舒的诗

戴望舒（1905—1950），原名戴朝寀，浙江杭州人。1923年入上海大学中文系，1925年转入复旦大学学习法文。与卞之琳、孙大雨、梁宗岱、冯至等人创办了《新诗》月刊。全面抗战爆发后他转至香港主编《大公报》文艺副刊，并创办《耕耘》杂志。1938年春主编《星岛日报》星岛副刊。1941年底因宣传抗日被捕入狱。1949年后在出版总署从事编译工作。

我的记忆

我的记忆是忠实于我的，
忠实得甚于我最好的友人。

它存在在燃着的烟卷上，
它存在在绘着百合花的笔杆上。
它存在在破旧的粉盒上，
它存在在颓垣的木莓上，

它存在在喝了一半的酒瓶上，
在撕碎的往日的诗稿上，在压干的花片上，
在凄暗的灯上，在平静的水上，
在一切有灵魂没有灵魂的东西上，
它在到处生存着，像我在这世界一样。

它是胆小的，它怕着人们的喧嚣，
但在寂寥时，它便对我来作密切的拜访。
它的声音是低微的，
但是它的话是很长，很长，
很多，很琐碎，而且永远不肯休：
它的话是古旧的，老是讲着同样的故事，
它的音调是和谐的，老是唱着同样的曲子，
有时它还模仿着爱娇的少女的声音，
它的声音是没有气力的
而且还夹着眼泪，夹着太息。

它的拜访是没有一定的，
在任何时间，在任何地点，
甚至当我已上床，蒙眬地想睡了；
人们会说它没有礼貌，
但是我们是老朋友。

它是琐琐地永远不肯休止的，

除非我凄凄地哭了，或是沉沉地睡了：
但是我是永远不讨厌它，
因为它是忠实于我的。

对于天的怀乡病

怀乡病，怀乡病，
这或许是一切
有一张有些忧郁的脸，
一颗悲哀的心，
而且老是缄默着，
还抽着一支烟斗的
人们的生涯吧。

怀乡病，哦，我啊，
我也是这类人之一吧；
我呢，我渴望着回返
到那个天，到那个如此青的天，
在那里我可以生活又死灭，
像在母亲的怀里，
一个孩子欢笑又啼泣。

我啊，我是一个怀乡病者：

是对于天的，对于那如此青的天的；
那里，我可以安憩地睡眠，
没有半边头风，没有不眠之夜，
没有心的一切的烦恼，
这心，它，已不是属于我的，
而有人已把它抛弃了
像人们抛弃了敝屣一样。

乐园鸟

飞着，飞着，春，夏，秋，冬，
昼，夜，没有休止，
华羽的乐园鸟，
这是幸福的云游呢，
还是永恒的苦役？

渴的时候也饮露，
饥的时候也饮露，
华羽的乐园鸟，
这是神仙的佳肴呢，
还是为了对于天的乡思。

是从乐园里来的呢，

还是到乐园里去的？
华羽的乐园鸟，
在茫茫的青空中
也觉得你的路途寂寞吗？

假使你是从乐园里来的，
可以对我们说吗，
华羽的乐园鸟，

自从亚当，夏娃被逐后，
那天上的花园已荒芜到怎样了？

狱中题壁

如果我死在这里，
朋友啊，不要悲伤，
我会永远地生存
在你们的心上。

你们之中的一个死了，
在日本占领地的牢里，
他怀着的深深仇恨，
你们应该永远地记忆。

当你们回来，从泥土
掘起他伤损的肢体，
用你们胜利的欢呼
把他的灵魂高高扬起。

然后把他的白骨放在山峰，
曝着太阳，沐着飘风：
在那暗黑潮湿的土牢，
这曾是他唯一的美梦。

我用残损的手掌

我用残损的手掌
摸索这广大的土地：
这一角已变成灰烬，
那一角只是血和泥；
这一片湖该是我的家乡，
（春天，堤上繁花如锦障，
嫩柳枝折断有奇异的芬芳）
我触到荇藻和水的微凉；
这长白山的雪峰冷到彻骨，
这黄河的水夹泥沙在指间滑出；
江南的水田，你当年新生的禾草

是那么细，那么软……现在只有蓬蒿；
岭南的荔枝花寂寞地憔悴，
尽那边，我蘸着南海没有渔船的苦水……
无形的手掌掠过无限的江山，
手指沾了血和灰，手掌黏了阴暗，
只有那辽远的一角依然完整，
温暖，明朗，坚固而蓬勃生春。
在那上面，我用残损的手掌轻抚，
像恋人的柔发，婴孩手中乳。
我把全部的力量运在手掌
贴在上面，寄与爱和一切希望，
因为只有那里是太阳，是春，
将驱逐阴暗，带来苏生，
因为只有那里我们不像牲口一样活，
蝼蚁一样死……那里，永恒的中国！

臧克家的诗

臧克家（1905—2004），山东诸城人。历任上海《侨声报》文艺副刊、《文讯》月刊、《创造诗丛》主编，又曾任出版总署编审，人民出版社编审，《诗刊》主编、编委、顾问，中国诗歌学会会长，中国文联委员，中国作家协会理事及名誉副主席，中国毛泽东诗词研究会名誉会长，全国人民代表大会第二、三届代表，全国政协第五、六、七、八届委员。

老马

总得叫大车装个够，
他横竖不说一句话，
背上的压力往肉里扣，
他把头沉重地垂下！

这刻不知道下刻的命，
他有泪只往心里咽，

眼里飘来一道鞭影，
他抬起头望望前面。

烙印

生怕回头向过去望，
我狡猾地说"人生是个谎"，
痛苦在我心上打个印烙，
刻刻警醒我这是在生活。

我不住地抚摩这印烙，
忽然红光上灼起了毒火，
火花里迸出一串歌声，
件件唱着生命的不幸。

我从不把悲痛向人诉说，
我知道那是一个罪过，
混沌地活着什么也不觉，
既然是迷，就不该把底点破。

我嚼着苦汁营生，
像一条吃巴豆的虫，
把个心提在半空，

连呼吸都觉得沉重。

我们是青年

头顶三尺火，仰起脸
一口可以吞下青天，
一对眼锐利地
专在人生的道上探险，
三句话投不着心
便捏起了拳头，
活力在周身跳动着响，
真恨地上少生了个环。
叫世故磨光了头皮的人们笑吧，
我们全不管。
秋后的枯草
也配来嘲笑春天？

黑暗的云头最先在我们心上抽鞭，
红热的心是一支火箭！
宇宙在当前是错扣了的连环，
我们要解开它，
照着正直的墨线
重新另安！

擎起地球来使它翻个身，
提起黄河来叫它倒转，
相信自己的力量吧，
我们是青年。

人民是什么①

人民是什么？
人民是面旗子吗？
用到，把它高举着，
用不到了，便把它卷起来。

人民是什么？
人民是一顶破毡帽吗？
需要了，把它顶在头顶上，
不需要的时候，又把它踏在脚底下。

人民是什么？
人民是木偶吗？
你挑着它，牵着它，
叫它动它才动，叫它说话它才说话。

---

① 该诗创作于 1945 年，诗人用利刃般的笔锋，深刻批判了当时黑暗社会。

人民是什么？
人民是一个抽象的名词吗？
拿它做装潢"宣言""文告"的字眼，
拿它做攻击敌人的矛和维护自己的盾牌。

人民是什么？人民是什么？
这用不到我来告诉，
他们自己在用行动
作着回答。

有的人

——纪念鲁迅有感

有的人活着
他已经死了；
有的人死了，
他还活着。

有的人
骑在人民头上："啊，我多伟大！"
有的人
俯下身子给人民当牛马。

有的人
把名字刻入石头，想"不朽"；
有的人
情愿作野草，等着地下的火烧。

有的人
他活着别人就不能活；
有的人
他活着为了多数人更好地活。

骑在人民头上的
人民把他摔垮；
给人民作牛马的
人民永远记住他！

把名字刻入石头的
名字比尸首烂得更早；
只要春风吹到的地方，
到处是青青的野草。

他活着别人就不能活的人，
他的下场可以看到；
他活着为了多数人更好地活的人，
群众把他抬举得很高，很高。

冯至的诗

冯至(1905—1993)，原名冯承植，河北涿州人。1927年毕业于北京大学。早年曾创办浅草社，1925年创办沉钟社，1927年在北京大学任教，1930年赴德留学并获博士学位，1935年回国，历任上海同济大学、昆明西南联合大学、北京大学西语系教授，中国社科院外文所所长。曾任中国作家协会副主席，中国文联委员，第一、五、六届全国人大代表。

我是一条小河

我是一条小河
我无心从你身边流过，
你无心把你彩霞般的影儿
投入了河水的柔波。

我流过一座森林，
柔波便荡荡地

把那些碧绿的叶影儿
裁剪成你的衣裳。

我流过一片花丛，
柔波便粼粼地
把那些彩色的花影儿
编织成你的花冠。

最后我终于
流入无情的大海，
海上的风又厉，浪又狂，
吹折了花冠，击碎了衣裳！

我也随着海潮漂漾，
漂漾到无边的地方；
你那彩霞般的影儿
也和幻散了的彩霞一样！

蛇

我的寂寞是一条蛇，
静静地没有言语。
你万一梦到它时，

千万啊，不要悚惧！

它是我忠诚的侣伴，
心里害着热烈的乡思：
它想那茂密的草原——
你头上的、浓郁的乌丝。

它月影一般轻轻地
从你那儿轻轻走过；
它把你的梦境衔了来
像一只绯红的花朵。

无花果

看这阴暗的，棕绿的果实，
它从不曾开过绯红的花朵，
正如我思念你，写出许多诗句，
我们却不曾花一般地爱过。

若想尝，便请尝一尝吧！
比不起你喜爱的桃梨苹果；
我的诗里也没有一点悦耳的声音，
读起来，会使你的舌根都觉得生涩。

思量

我要静静地静静地思量，
　像那深潭里的冷水一样。
既不是源泉滚滚的江河，
不要妄想啊去灌溉田野的花朵；
又没有大海的浩波，
也不必埋怨这里没有海鸥飞没。

我要静静地静静地思量，
　像那深潭里的冷水一样。
如果天气转变得十分阴凉，
自然会有些雨点儿滴在水上；
如果天上现出来一轮太阳，
水面也不难沾惹上一点阳光。

我要静静地静静地思量，
　像那深潭里的冷水一样。
尤其是当那人寂夜阑，
只有三星两星的微茫落入深潭；
我知道我的一切是这样地有限，
不要去渴望吧那些豪华的盛筵！

我要静静地静静地思量，
　像那深潭里的冷水一样。

南方的夜

我们静静地坐在湖滨,
听燕子给我们讲南方的静夜。
南方的静夜已经被它们带来,
夜的芦苇蒸发着浓郁的情热。——
　　我已经感到了南方的夜间的陶醉,
　　请你也嗅一嗅吧这芦苇中的浓味。

你说大熊星总像是寒带的白熊,
望去使你的全身都感到凄冷。
这时的燕子轻轻地掠过水面,
零乱了满湖的星影。——
　　请你看一看吧这湖中的星象,
　　南方的星夜便是这样的景象。

你说,你疑心那边的白果松
总仿佛树上的积雪还没有消融。
这时燕子飞上了一棵棕榈,
唱出来一种热烈的歌声。——
　　请你听一听吧燕子的歌唱,
　　南方的林中便是这样的景象。

总觉得我们不像是热带的人，
我们的胸中总是秋冬般的平寂。
燕子说，南方有一种珍奇的花朵，
经过二十年的寂寞才开一次。——

  这时我胸中觉得有一朵花儿隐藏，
  它要在这静夜里火一样地开放！

孙大雨的诗

孙大雨(1905—1999)，原名孙铭传，浙江诸暨人。毕业于清华学校高等科。曾先后在美国达德穆文学院和耶鲁大学研究院学习英国文学，回国后历任武汉大学、北京师范大学、北京大学、浙江大学、暨南大学外文系教授。译著有《黎琊王》《哈姆莱特》《奥赛罗》《麦·克白》《风暴》《冬日故事》《康忒勃垒故事集·序》等。

爱

往常的天幕是顶无忧的华盖，
　　往常的大地永远任意地平张；
　　往常时摩天的山岭在我身旁
屹立，长河在奔腾，大海在澎湃；
往常时天上描着心灵的云彩，
　　风暴同惊雷快活得像要疯狂；
　　还有青田连白水，古木和平荒；
一片清明，一片无边的晴霭；

可是如今，日夜是一样地运行，
　　星辰的旋转并未曾丝毫变换，
　　早晨带了希望来，落日的余辉
留下这沉思，一切都照旧地欢欣；
　　为何这世界平添一层灿烂？
因为我掌中握着生命的权威！

海上歌

我要到海上去，
　　哈哈！
我要看海上的破黎。
　　破黎张着一顶嫩青篷；
　　太阳出在篷东，
　　月亮落在篷西，
点点滴滴的大星儿渐渐消翳。

我要到海上去，
　　哈哈！
我要看海上的风波。
　　浪头好比千万座高山；
　　大山是一声喊，

小山是一阵歌，
山坳里不时浮出几只海天鹅。

我要到海上去，
　　哈哈！
我要游水底的宫廷。
　　龙皇生满一身的毛发，
　　沙鱼披着银甲，
　　星鱼衔着银灯，
响螺同海蚌在石窟底下吹笙。

我要到海上去，
　　哈哈！
我要会海上的神仙。
　　神仙不知道住在何方：
　　好像是在海上，
　　好像是在天边——
我寻了许久寻到虚无缥缈间。

一支芦笛

自从我有了这一支芦笛，
总是坐守着黄昏看天明，

又望得西天乌乌的发黑；
从来我不曾吹弄过一声，
我生怕人天各界要心惊。

我只须轻轻地吹上一声，
文凤、苍鹰，与负天的鹏鸟，
山中海上不曾见的奇禽，
经不起这一声青芦号召，
都会飞舞着纷纷地来朝。

要是我随口吹上了两声，
不知要吹出几多的懊恼，
几多骇人的失望与欢欣；
萧霜的白发会回复年少，
少年人顿时变成了衰老。

我假如放胆吹得第三声。
就有阵阵的天风高缅邈，
吹落那一天的日月星辰，
吹得长虹四窜兮仙山倒，
弥勒拍手兮麻姑哈哈笑。

自从我有了这一支芦笛，
总是坐守着黄昏看天明，

又望得西天乌乌的发黑；
从来我不曾吹弄过一声，
我生怕人天各界要惊心。

回答

你问我对她有多少爱，我不知
　　怎样回答。爱情是活命的米粮，
　　不幸这人间缺少了一种衡量；
它也是生命的经纬，可是谁是
造物自己，能把它析了缕，分成丝，
　　再用天上的尺寸量它的短长？
　　不过少年人有个共同的信仰，
都信假使没有它，大家不如死。

我对她的爱，可以比作一片海：
　　零碎的殷勤好比银白的浮沤，
　　再没有人能把它们计数得清；
这海没大小，轻重，也没有边界——
　　她不爱我，浪头刀削一般的陡，
　　爱我时，太阳照着万顷的晴明。

招魂

你去了，你去了，志摩，
一天的浓雾
掩护着你向那边
月明和星子中间
一去不再来的莽莽的长途。

没有，没有去，我见你
在风前水里
披着淡淡的朝阳
跨着浮云的车辆，
倏然的显现，又倏然地隐避。

快回来，百万颗灿烂
点着那深蓝，
那去处暗得可怕，
那儿的冷风太大，
一片沉死的静默，你过得惯？……

苏金伞的诗

苏金伞（1906—1996），河南睢县人。1926年毕业于河南省体育专科学校。1935年后历任河南大学讲师、河南省文联专业作家。河南省文联第一届主席，河南省政协常委、人大代表。文学创作一级。著有诗集《地层下》《窗外》《入伍》《鹁鸪鸟》《苏金伞诗选》《苏金伞新诗选》等。作品获河南省创作优秀成果奖、总政优秀作品奖。

雪夜

未曾打过猎，
不知何故
忽然起了夜猎银狐的憧憬：

雪夜的靴声是甘美醉人的。
雪片潜入眉心，
衔啄心中新奇的颤震，
像锦鸥投身湖泊擒取游鱼。

林叶的干舌，
默诵着雪的新辞藻，
不提防滑脱两句，
落上弓刀便惊人一跳。

羊角灯抖着薄晕，
仿佛出嫁前少女的寻思，
羞涩——但又不肯辍止。

并不以狐的有无为得失，
重在猎获雪夜的情趣；
就像我未曾打过猎，
却作这首夜猎银狐诗。

晴天

我们信赖蓝天，
像信赖忠实的朋友一样。
它完全敞开胸怀，
让鸟的翅膀任意翻飞；
让我们追寻远方的眼睛
不受一点阻隔。

它给修筑道路的人以指引，
让他们知道：
前面尚有不可估计的距离，
还得有不可估计的劳力去完成。

也给建造楼房的人以提示：
让他们不要满足于目下的成就，
上面尚有无穷的空间，
等待着更多的材料去积累。

然而也给耕种者以期许：
让他们在最好的节季，
刨出在地下繁殖的希望，
收割在穗子上长饱的欢喜。

并给开辟隧道的人以安慰：
当他们积年累月
当黑暗中钻凿，
终于凿通了一个山洞，
突然看见一方蓝天，
袭击他们的将是怎样一个震撼的快乐！

胎芽

在冰雪的枝头，
偶然发现了一个刚露出的胎芽。
我突然感到：
新的世界开始了！

这是春天的第一次发音，
这是生命的第一次撞击，
就像婴儿的第一个乳牙，
就像戳破纸窗，
企图向外探视的小手拇指。

我似乎听见了
不知从何处传来的笑声；
想起小时候
邻家的一个小姑娘
总想隔墙看人的大眼睛。

柳烟溟濛，
会使我走错路，
甚至会在绿色里沉没；

但我仍然喜欢听绿色的滋长，
就像喜欢听淅沥的雨声，
最初在耳边爬，
接着爬进我的心窝。

因此对于上山植树、
并在山上安家的人，
我真想搬去跟他同住。

当他们手植的树都发了芽
满山的鸟语，
满山湿润的风，
我找到了我的乐土。

风雪中有双大眼睛

世界上
总有一双你最喜欢的大眼睛，
使你丰富，给你智慧，
看你一眼
给你一个世界。

今天是大风雪，

你从外地回来，
前面是一条小河，
河上一座石拱桥。

过了桥，
你就会看见那双大眼睛。
但风雪迷失了黄昏，
也迷失了那座石拱桥。
怎么过去？
这时你会突然看见：
那双大眼睛，
给你以强光的灼射，
并搀着你的肘腋，
把你接过河去。

在你的生命中，
总该有一双你喜欢的大眼睛。
这是你生命的依托，
也是你一生的归宿。

最好的早晨

随着一轮巨大的红日，

跃出一个辉煌的早晨。

群山像刚从地下钻出，
又猛然耸入天外；
鲜丽得使人感到陌生，
梦幻般闪耀着千万种色彩。

河流挣脱冰雪，冲出峡谷，
在空阔的天地间奔泻；
泻进人们的血液，
泻进人们的心怀。

欢乐无羁的莽莽麦野，
到处追逐着绿色的晨风；
农民是这样认真耕作，
从汗珠里溢出笑容。

在太阳的记忆里，
这是最好的早晨。

阿垅的诗

阿垅（1906—1967），原名陈守梅，又名陈亦门，浙江杭州人。1936 年毕业于中央军校第十期。抗战初期，参加淞沪会战，不幸负伤。1939 年入延安抗大学习。后入国民党陆军大学学习，毕业后留校任战术教官。1946 年在成都编辑文艺刊物《呼吸》。1946 年底被国民党当局通缉。新中国成立后，任天津市作家协会编辑部主任。著有诗集《无弦琴》，评论集《人与诗》《诗与现实》等。

题册

首先，我要活得像一个——人
其次，自然要活得像一个——男子
最后，我要活得像一个——兵

让野蔷薇开它自己的花——
让荆棘长它自己的刺——
让无花果结它自己的果子——

无题

不要踏着露水——
因为有过人夜哭。

哦，我的人啊，我记得极清楚，
在白鱼烛光里为你读过《雅歌》。

但是不要这样为我祷告，不要！
我无罪，我会赤裸着你这身体去见上帝。

但是不要计算星和星间的空间吧
不要用光年；用万有引力，用相照的光。

要开作一枝白色花——
因为我要这样宣告，我们无罪，然后我们凋谢。

孤岛

在掀腾的海波之中，我是小小的孤岛，
　　如同其他的孤岛

在晴丽的天气，我能够清楚地望见
　　大陆边岸的远景
似乎隐隐约约传来了人声，虽然远，
　　但是传来了，人声传来
有的时候，也有一叶小舟渡海而来，
　　在我的岸边小泊

而在雾和冬的季节，在深夜无星之时，
我不能看到你了；我只在我的恋慕和
　　向往的心情中
　　看见你为我留下的影子

我，是小小的孤岛，然而和大陆一样
我有乔木和灌木，你的乔木和灌木
我有小小的麦田和疏疏的村落，你的
　　麦田和村落
我有飞来的候鸟和鸣鸟，从你那儿
　　带着消息飞来
我有如珠的繁星的夜，和你共同在里面
　　睡眠的华丽的夜
我有如桥的七色的虹霓，横跨
　　你我之间的虹霓

我，似乎是一个弃儿然而不是
似乎是一个浪子然而不是

海面的波涛嚣然地隔断了我们，为了
　　隔断我们
迷惘的海雾黯淡地隔断了我们，
　　想使你以为丧失了我而我以为丧失了你
然而在海流最深之处，我和你永远联结而属一体，
　　连断层地震也无力使你我分离
如同其它的孤岛，我是小小的孤岛，
你的儿子，你的兄弟

我不能够

我不能够献花给你，即使我有渴望而花鲜美
因为花在早春的枝上，并非我的

我不能够献珠给你，即使我有渴望而珠晶莹
因为珠在海底的蚝肉中，并非我的

我不能够为了我的缘故，不，为了你的缘故——
而使花和枝、珠和蚝即使为我或者为你而有分离之苦，

我不能够以我的眼睛凝视着你的眼睛，
　　以手握你的手
因为这眼睛注视过一切的色和相，

这手接触过一切的物
我用手抚摩自己的手，而眼睛俯视着
　　尘土的地面
我要献给你的，只是这我自己，这只是
　　以我的心
向着你的心而默坐于殿角。

不要恐惧

巨雷是那个巨人的狂喜的狂笑
在你的生命的充溢中，
　　孩子！你不是
也笑不可止，那么大声么？——
不要恐惧！

骤雨是那个巨人的感动和激情的堕泪
当你醒来的时候被我的手所慰抚，或者
　　你自己用手慰抚一个给你的香苹果，
　　孩子！你不是
也晶莹含泪，而并非痛苦么？——
不要恐惧！

狂风是欢乐的不合步法的奔跑

闪电是喜悦的盘旋而舞的双臂，
　　孩子！你不是
也为了去捉一朵柳絮，去追逐圆月，
　　或者什么也不为
　　而由于肌肉和精神的单纯的需要
　　而急奔和舞蹈么？——
不要恐惧！

不要恐惧
你是在我的可靠而平静的怀中
我没有恐惧，我是
　　经过风暴和沙漠来的
因为我没有恐惧；因为你要
经过风暴和沙漠而去。

艾青的诗

艾青(1910—1996年)，原名蒋海澄，浙江金华人。1928年考入杭州国立艺术院，翌年到巴黎勤工俭学。1932年加入中国左翼美术家联盟，从事革命文艺活动。不久被捕，在狱中写的《大堰河——我的保姆》发表后引起轰动。全面抗战爆发后，任《文艺阵地》编委。1941年赴延安，任《诗刊》主编。曾任中国作家协会副主席、国际笔会中心副会长等。

雪落在中国的土地上

雪落在中国的土地上，
寒冷在封锁着中国呀……

风，
像一个太悲哀了的老妇，
紧紧地跟随着
伸出寒冷的指爪

拉扯着行人的衣襟，
用着像土地一样古老的话
一刻也不停地絮聒着……

那从林间出现的，
赶着马车的
你中国的农夫
戴着皮帽
冒着大雪
你要到哪儿去呢？

告诉你
我也是农人的后裔——
由于你们的
刻满了痛苦的皱纹的脸
我能如此深深地
知道了
生活在草原上的人们的
岁月的艰辛。

而我
也并不比你们快乐啊
——躺在时间的河流上
苦难的浪涛

曾经几次把我吞没而又卷起——
流浪与禁监
已失去了我的青春的
最可贵的日子，
我的生命
也像你们的生命
一样的憔悴呀

雪落在中国的土地上，
寒冷在封锁着中国呀……

沿着雪夜的河流，
一盏小油灯在徐缓地移行，
那破烂的乌篷船里
映着灯光，垂着头
坐着的是谁呀？
——啊，你
蓬发垢面的少妇，
是不是
你的家
——那幸福与温暖的巢穴——
已被暴戾的敌人
烧毁了吗？
是不是

也像这样的夜间，
失去了男人的保护，
在死亡的恐怖里
你已经受尽敌人刺刀的戏弄？

咳，就在如此寒冷的今夜，
无数的
我们的年老的母亲，
都蜷伏在不是自己的家里，
就像异邦人
不知明天的车轮，
要滚上怎样的路程……
——而且
中国的路
是如此的崎岖
是如此的泥泞呀。

雪落在中国的土地上，
寒冷在封锁着中国呀……
透过雪夜的草原
那些被烽火所啮啃着的地域，
无数的，土地的垦植者
失去了他们所饲养的家畜
失去了他们肥沃的田地

拥挤在
生活的绝望的污巷里：
饥饿的大地
朝向阴暗的天
伸出乞援的
颤抖着的两臂。

中国的苦痛与灾难，
像这雪夜一样广阔而又漫长呀！
雪落在中国的土地上，
寒冷在封锁着中国呀……

中国，
我的在没有灯光的晚上
所写的无力的诗句
能给你些许的温暖吗？

北方

一天
那个珂尔沁草原上的诗人
对我说：
"北方是悲哀的。"

不错，

北方是悲哀的。

从塞外吹来的

沙漠风，

已卷去北方的生命的绿色

与时日的光辉

——一片暗淡的灰黄

蒙上一层揭不开的沙雾；

那天边疾奔而至的呼啸

带来了恐怖，

疯狂地

扫荡过大地；

荒漠的原野

冻结在十二月的寒风里，

村庄呀，山坡呀，河岸呀，

颓垣与荒冢呀

都披上了土色的忧郁……

孤单的行人，

上身俯前

用手遮住了脸颊，

在风沙里

困苦了呼吸

一步一步地

挣扎着前进……
几只驴子
——那有悲哀的眼
和疲乏的耳朵的畜生，
载负了土地的
痛苦的重压，
它们厌倦的脚步
徐缓地踏过
北国的
修长而又寂寞的道路……

那些小河早已枯干了
河底也已画满了车撤，
北方的土地和人民
在渴求着
那滋润生命的流泉啊！
枯死的林木
与低矮的住房
稀疏地，阴郁地
散布在灰暗的天幕下；
天上，
看不见太阳，
只有那结成大队的雁群
惶乱的雁群

击着黑色的翅膀
叫出它们的不安与悲苦，
从这荒凉的地域逃亡
逃亡到
绿荫蔽天的南方去了……

北方是悲哀的
而万里的黄河
汹涌着混浊的波涛，
给广大的北方
倾写着灾难与不幸；
而年代的风霜，
刻画着
广大的北方的
贫穷与饥饿啊。

而我
——这来自南方的旅客，
却爱这悲哀的北国啊。
扑面的风沙
与入骨的冷气
决不曾使我咒诅；
我爱这悲哀的国土，
一片无垠的荒漠

也引起了我的崇敬
——我看见
我们的祖先
带领了羊群
攻着筘笛
沉浸在这大漠的黄昏里；
我们踏着的
古老的松软的黄土层里
埋有我们祖先的骨骸啊，
——这土地是他们所开垦
几千年了
他们曾在这里
和带给他们以打击的自然相搏斗，
他们为保卫土地
从不曾屈辱过一次，
他们死了
把土地遗留给我们——
我爱这悲哀的国土，
它的广大而瘦瘠的土地
带给我们以淳朴的言语
与宽阔的姿态
我相信这言语与姿态
坚强地生活在大地上
永远不会灭亡；

我爱这悲哀的国土
古老的国土
——这国土
养育了为我所爱的
世界上最艰苦
与最古老的种族。

我爱这土地

假如我是一只鸟，
我也应该用嘶哑的喉咙歌唱：
这被暴风雨所打击着的土地，
这永远汹涌着我们的悲愤的河流，
这无止息地吹刮着的激怒的风，
和那来自林间的无比温柔的黎明……
——然后我死了，
连羽毛也腐烂在土地里面。

为什么我的眼里常含泪水？
因为我对这土地爱得深沉……

黎明的通知

为了我的祈愿
诗人啊，你起来吧

而且请你告诉他们
说他们所等待的已经要来

说我已踏着露水而来
已借着最后一颗星的照引而来

我从东方来
从汹涌着波涛的海上来

我将带光明给世界
又将带温暖给人类

借你正直人的嘴
请带去我的消息

通知眼睛被渴望所灼痛的人类
和远方的沉浸在苦难里的城市和村庄

请他们来欢迎我——
白日的先驱，光明的使者

打开所有的窗子来欢迎
打开所有的门来欢迎

请鸣响汽笛来欢迎
请吹起号角来欢迎

请清道夫来打扫街衢
请搬运车来搬去垃圾

让劳动者以宽阔的步伐走在街上吧
让车辆以辉煌的行列从广场流过吧

请村庄也从潮湿的雾里醒来
为了欢迎我打开它们的篱笆

请村妇打开她们的鸡坤
请农夫从畜棚牵出耕牛

借你的热情的嘴通知他们
说我从山的那边来，从森林的那边来

请他们打扫干净那些晒场
和那些永远污秽的天井

请打开那糊有花纸的窗子
请打开那贴着春联的门

请叫醒殷勤的女人
和那打着鼾声的男子

请年轻的情人也起来
和那些贪睡的少女

请叫醒困倦的母亲
和她身边的婴孩

请叫醒每个人
连那些病者与产妇

连那些衰老的人们
呻吟在床上的人们

连那些因正义而战争的负伤者
和那些因家乡沦亡而流离的难民

请叫醒一切的不幸者
我会一并给他们以慰安

请叫醒一切爱生活的人
工人，技师以及画家

请歌唱者唱着歌来欢迎
用草与露水所渗合的声音

请舞蹈者跳着舞来欢迎
披上她们白雾的晨衣

请叫那些健康而美丽的醒来
说我马上要来叩打他们的窗门

请你忠实于时间的诗人
带给人类以慰安的消息

请他们准备欢迎，请所有的人准备欢迎
当雄鸡最后一次鸣叫的时候我就到来

请他们用虔诚的眼睛凝视天边
我将给所有期待我的以最慈惠的光辉

趁这夜已快完了，请告诉他们
说他们所等待的就要来了

鱼化石

动作多么活泼，
精力多么旺盛，
在浪花里跳跃，
在大海里浮沉；

不幸遇到火山爆发，
也可能是地震，
你失去了自由，
被埋进了灰尘；

过了多少亿年，
地质勘探队员，
在岩层里发现你，
依然栩栩如生。

但你是沉默的，
连叹息也没有，

鳞和鳍都完整，
却不能动弹；

你绝对的静止，
对外界毫无反应，
看不见天和水，
听不见浪花的声音。

凝视着一片化石，
傻瓜也得到教训：
离开了运动，
就没有生命。

活着就要斗争，
在斗争中前进，
即使死亡，
能量也要发挥干净。

公木的诗

公木（1910—1998），原名张松如，河北辛集人。1932年毕业于北平师范大学。历任延安抗大学员，延安鲁艺文学院教师，东北大学教育长，鞍山钢铁公司教育处处长，中国作家协会文学讲习所所长，吉林大学副校长、文学院名誉院长，教授。曾任中国作家协会第五届顾问，吉林省文联、作协名誉主席。《八路军进行曲》（中国人民解放军军歌）的词作者。

难老泉

我仿佛感到碧玉泛清凉，
难老泉淙淙向山下流淌；
我仿佛看见翠羽相冲撞，
绿莎萍轻轻在水底摇晃。

心地纯净得了无纤尘，
眼睛晶莹得浓夜闪光——

我恍惚看见袒胸的水母娘娘，
裸足涉着浅水，素手撩着衣裳。

她向人间播出智慧的种子，
她向大地插上幸福的苗秧。
凡是泉水潺潺流过的地方，
就有荷花和稻花一齐飘香。

鞍山行

我把组织部的介绍信揣在内衣的口袋里，
像一只巨大的手捂住我突突跳的心口。
肃肃然走出东北局大楼长长的走廊，
我看见门岗同志黑色的眼睛里闪着油光。

太阳从密排的街树梢上探过头，
满脸淌着大汗向我热烈地招手。
花花绿绿喜气洋洋的拥挤的人群，
踏着大秧歌的舞步迎面走来。

汽车低吼，电车高鸣，马拉车发出辚辚的声响，
还有那铿锵地敲着铜锣的颜色鲜艳的货摊，
以及嘈杂的叫贩和音调清脆柔和的卖花女郎，

为我欢乐地合奏一阕祝贺的乐章。

是的，螺丝钉——无论摆在什么地位，
都一定旋得紧紧的，牢固、坚实。
运转着的整部机器发出呼隆呼隆的声音，
都将给它以震荡，并引起金属的回应。

但是，我仍然这样兴奋，这样激动——
当我修满了两头沉和皮转椅的苦功，
当我结束了黑砚汁和蓝墨水的航行，
当我绕出了以黑板和书橱砌成的无尽长的胡同。

啊，我沿着宽广的大街行进，
瞪起眼睛望着前方，
像一个第一次走进校门的刚满学龄的儿童，
像一个驰赴婚宴的年轻的新郎……

是谁嘘着温暖的气息低唱在我的耳根：
快些，再快些，迈开三尺长的阔步，
奔向前去呀，以你的全部爱情和忠诚——
在那里，火热的心和钢铁正一齐沸腾。

面对任何困难，挽起袖子来！
锻炼，才能发出声音和光彩。

而你，也将像钢铁一样灼热，
而你，也将像钢铁一样鲜红。

挥起十丈长的铁扫帚，
扫掉那一层层的结在记忆中的蜘蛛网，
连同那些粘在网上的发霉的尘土，
都彻底打扫净光。

那些由于自私而变矮的人形，
那些由于忌妒而㖞斜的眼睛，
那些由于猜疑和作伪而患梦游症的灵魂……
像泼掉一盆泛着肥皂沫的洗脸水，滚它们的吧！

你理应骄傲，而且感到幸福，
因为你生在毛泽东的太阳普照的国度。
当人们的理想已经化作彩霞从东方升起，
降落在花枝和草叶上的叶霜哪能不消融？

头上洒满阳光，高高挺起前胸，
我听着这亲切的低唱伴着那祝贺的乐章。
歌声越唱越嘹亮，越唱越激昂，
最后，它变成一阵飓风把我卷上天空。

我脚下像踏着厚厚的厚厚的浮云，

我的心口突突地突突地跳着。
我伸手插进内衣的口袋里，摸了又摸，
那被胸脯熨得发烫的组织部的介绍信。

登雨花台有感

在这里我们的祖先曾经梦见天雨花，
五色缤纷飘荡荡就好像彩虹与飞霞。
这虽然只不过是幻想出来显圣的佛法，
它却预示着真理的灵光终将普照天下。

而当祖国陷在子夜一般浓黑的时代，
统治者是一小撮叛徒、特务、流氓、洋崽——
妄想以碉堡封锁历史，以监牢窒息未来，
屠刀光闪闪，雨花台变成了血花台。

我们有十万同志在这里献出了生命，
面对敌人的枪口，他们昂着头仰望长空，
那视线高高超过蓝底白字的衙门，
他们最后的呼声震得青天铮铮应鸣。

他们倒下去，大地颤抖着闷声叹息，
天上的群星脸色煞白，涕泣零如雨。

时间痉挛一下又江水般滚滚流去，
黑夜沉沉，尸身上只有冷霜枯叶来覆蔽。

三十年啊！以头颅播种，以鲜血灌溉，
每一粒石子都被染上耀眼的光彩
红花瑰丽绚烂如同朝阳跃出东海，
终于在六万万人民的心里盎然盛开。

刽子手将永远被仇恨淹没，被诅咒掩埋，
屠刀早已生锈，碉堡和监牢早已化青苔；
而雨花台竖起了毛泽东亲题的纪念碑，
当空悬一朵红云，四周是常青的松柏。

谁说这五彩花石是飞来自天上？
它们分明在闪烁着烈士赤血的光芒。
莫道佛法无边，天原不老，地也难荒；
把天堂引渡到人间，全靠我们领航！

〔追记〕雨花台在南京中华门外二里，山上多彩石。相传梁朝时
代，有个和尚叫云光法师，在此山巅讲经，天上落花如雨，因以得名。
1927年蒋介石背叛革命后，盘踞南京，把雨花台做为刑场，有十万多
共产党人和爱国志士先后在此被害，恽代英、邓中夏等同志都是在这
里就义的。
　　解放以后，人民政府接受广大群众的建议，在此建立了人民革命

烈士墓，墓前高树丰碑，正面大书："死难烈士万岁！"系毛泽东同志亲笔。

夜行吟

我从昨天来，
我到明天去。
告别长庚，
奔赴启明——
长庚已经隐没，
启明还没显形。

我从昨天来，
我到明天去。
头上乌云，
脚下泥泞——
乌云遮断星月，
泥泞泛起榛荆。

我从昨天来，
我到明天去。
拨开黑暗，
咬紧寒风——

寒风吹冻发僵，
黑暗泼墨染浓。

我从昨天来，
我到明天去。
背离长庚，
面向启明——
长庚沉落天外，
启明闪现心中。

说美，赠桂林诗人

几十年间，把美当口头禅来说；美者何物？若明若晦，终觉渺茫。而今一临入桂，则倏忽心动，不胜惊喜，依稀旧梦，仿佛见之。真乃"有山皆画幅，无水非诗篇；愿做桂林人，不愿做神仙。"诚如陈毅元帅叠彩题刻所云然也。奈相逢恨晚，萍踪恍惚，只是浮光掠影，距得真谛尚差好大半截。以赠桂林诗人，聊表望洋之意以抒兴叹之情罢了。山里人怎敢跟龙王爷说海呢？

你画桂林山水
桂林山水塑造你

你唱桂林山水

桂林山水美化你

你借用桂林山水的彩色
桂林山水却加赋你以性灵

加赋你以谛听天籁的耳朵
加赋你以观赏仙境的眼睛

加赋你以感受美与谐和的感觉
加赋你以领悟绝妙的心与脑

你成为桂林山水的耳朵眼睛感觉心与脑
你便是桂林山水的自我意识

桂林山水的自我意识
啊　活的神仙　桂林诗人

你成为桂林山水的耳朵眼睛感觉心与脑
你便是桂林山水的艺术情趣

桂林山水的艺术情趣
啊　活的神仙　桂林诗人

你在桂林山水中

桂林山水在你的诗篇里

你在桂林烟雨中
桂林烟雨在你的胸怀里

白云落进漓水被荇藻染绿了
挂在群峰的倒影上飘呀飘飘呀飘

青岚浮翠微　烘渲弥碧落
惹逗明丽的阳光眯眯笑　眯眯笑

是诗台　是画廊　是刘三姐的歌声悠扬
是云雀展开苍翠的羽翼自由飞翔

一往情深啊水水水
滔滔流光送走了多少个黄昏落日

巅连云海啊山山山
青青烟影预示着无限数彩霞明天

逝者如斯夫　恍兮若梦呀
真理的求索　理想的憧憬呀

山濛濛啊水溶溶

山山飞瀑啊水水漂倒影

山重重啊水重重
山环水绕啊融汇桂林城

桂林的水啊桂林的山
美就是真与善相融汇的形象显现

桂林的山啊桂林的水
真与善相融汇的形象显现就是美

你是桂林山水的性情
桂林山水是你的画笔

你是桂林山水的灵感
桂林山水是你的旋律

你美化桂林山水
桂林山水唱你

你塑造桂林山水
桂林山水画你

卞之琳的诗

卞之琳（1910—2000），江苏海门人。毕业于北京大学英文系。历任西南联合大学副教授，南开大学、北京大学教授，中国社科院文学所、外文所研究员，研究生院教授。曾任国务院学位委员会评议组成员，国际文化交流中心理事，中国作家协会、中国外国文学学会理事、顾问，中国莎士比亚研究会副会长。著有诗集《鱼目集》《十年诗草》《雕虫纪历》。

古城的心

你可以听到自己的脚步声
在晚上七点钟的市场
（这还算是这座古城的心呢。）

难怪小伙计要打瞌睡了，
看电灯也已经睡眼蒙眬。

铺面里无人过问的陈货，
来自东京的，来自上海的，
也哀伤自己的沦落吧？——
一个异乡人走过也许会想。

得，得，得了，有大鼓！
大鼓是市场的微弱的悸动。

尺八

像候鸟衔来了异方的种子，
三桅船载来了一支尺八，
从夕阳里，从海西头。
长安丸载来的海西客
夜半听楼下醉汉的尺八，
想一个孤馆寄居的番客
听了雁声，动了乡愁，
得了慰藉于邻家的尺八，
次朝在长安市的繁华里
独访取一支凄凉的竹管……
（为什么年红灯的万花间
还飘着一缕凄凉的古香？）
归去也，归去也，归去也——

像候鸟衔来了异方的种子，
三桅船载来一支尺八，
尺八乃成了三岛的花草。
（为什么年红灯的万花间
还飘着一缕凄凉的古香？）
归去也，归去也，归去也——
海西人想带回失去的悲哀吗？

圆宝盒

我幻想在哪儿（天河里？）
捞到了一只圆宝盒，
装的是几颗珍珠：
一颗晶莹的水银
掩有全世界的色相，
一颗金黄的灯火
笼罩有一场华宴，
一颗新鲜的雨点
含有你昨夜的叹气……
别上什么钟表店
听你的青春被蚕食，
别上什么骨董铺
买你家祖父的旧摆设。

你看我的圆宝盒
跟了我的船顺流
而行了，虽然舱里人
永远在蓝天的怀里，
虽然你们的握手
是桥——是桥！可是桥
也搭在我的圆宝盒里；
而我的圆宝盒在你们
或他们也许也就是
好挂在耳边的一颗
珍珠——宝石？——星？

断章

你站在桥上看风景，
看风景人在楼上看你。

明月装饰了你的窗子，
你装饰了别人的梦。

鱼化石

（一条鱼或一个女子说：）

我要有你的怀抱的形状，
我往往溶化于水的线条。
你真像镜子一样的爱我呢。
你我都远了乃有了鱼化石。

林庚的诗

林庚（1910—2006），福建闽侯人。1933 年毕业于清华大学中文系。历任清华大学助教，厦门大学中文系讲师、副教授、教授，燕京大学教授，北京大学中文系古典文学教研室主任、教授、博士生导师。著有诗集《夜》《春野与窗》《北平情歌》《冬眠曲及其他》《问路集》《林庚诗选》等。专著《中国文学简史》获 1997 年第二届国家图书奖提名奖。

五月

如其春天只有一次的相遇
那该是怎样的不舍得失去
为什么我们有时说不定
要捉住一只正飞的蝴蝶呢
它只有这一次的生命

苇叶的笛声吹动了满山满村

象征着那五月来了
不美吗？这时的黄昏
把青春卖与希望的人
因青春而失望了

快乐是这样的时候
当我醒来天如水一般的清
那像你的眼睛！爱
她说我消瘦了，我的心
轻轻地落出天外

听惯了来福枪声
会想到命长是一件可笑的事情吧
不是吗？爱
五月里的杜鹃，野有鹿鸣。

别后

马蹄丁得
好像也随着你走似的
我独自骑着在河边
我要问你走时的心境
你同我一样吧！点点头

然后才觉得空寂？
不定什么时候
你会看见我
带了北平的尘土
落在你家
精致的茶桌旁
大家一齐笑。
眼前的河水啊
你拦住这些了！
但担心不回去。
邮差来到宿舍门外，敲一敲
"林先生有信！"

和平的景慕

和平的景慕
翩翩去若惊鸿
黎明中走进篱笆
采一朵紫色的牵牛花
这事情仿佛是梦里有的
但什么时候醒来的呢
黄昏沉寂之一霎
漠漠中一切

将继黑夜而起了
天边冥冥里
几只惊鸿翩翩飞过而去
远处
有人指点——有人凝视
系住了众人与它的是什么呢
那将消失的孤影
没入在渐暗的夜来里
黑夜的蠕动此时乃可听见
和平的景慕
翩翩去若惊鸿
大地的喘息如牛

红日

红日在青山上像一个球
我如在一个梦里
黯然而美！

墙上影子
与那边青山光里幻想的
一个人与马的黑影子
遂作成了我走的黄昏的如梦的路吗？

过去是真实的
于是日头落了！
如追想着处女的旧事
但解释不明白的孩子的心
仍指着要问
是那边有个黄金的村子吗？
我遂也愿看见一个樵夫
弓着腰
爬过那青的山头去

风狂的春夜

风狂的春夜
想起一件什么最醉人的事
只好一个人独抽一支烟卷了
帘外的佛手香
与南方特有的竹子香
才想起自己是新来自远方的
无限的惊异
北地的胭脂
流入长江的碧涛中了
风狂而且十分寂静的

拿什么东西来换悲哀呢
惊醒了广漠的荒凉梦

陈梦家的诗

陈梦家（1911—1966），浙江上虞人。1931 年毕业于南京中央大学法律系。曾在燕京大学进修，并在长沙临时大学、西南联合大学、美国芝加哥大学任教。1949 年后历任清华大学文物陈列室主任、中国科学院考古研究所研究员、《考古通讯》副主编。著有诗集《梦家诗集》《铁马集》《不开花的春》，长诗《陈梦家作诗在前线》，专著《殷墟卜辞综述》等。

寄万里洞的亲人

那一天吴淞江的潮水带了你走，
在凄凉的海风里隐没了你的手；
大海的伤悲要撞碎了我的胸口，
我的心，我的泪，一齐跟了海水流。

你的影子飘落在热风的碧里墩，
白日和黑夜飞进着狂乱的涛声；

望不见云海的深处渺茫的远东，
你徘徊在荒漠的孤岛，海与碧空！

碧空和海不能告诉你祖国的话，
东印度的小岛上认不识一朵花；
你记得罢！每夜望一望东方的星，
千万里外星子下也有一双眼睛！

鸡鸣寺的野路

这是一条往天上的路，
夹道两行撑天的古树；
烟样的乌鸦在高天飞，
钟声幽幽向着北风追；
我要去，到那白云层里，
那儿是苍空，不是平地。

大海，我望见你的边岸，
山，我登在你峰头呼喊；
劫风吹没千载的城郭，
何处再有凤毛与麟角？
我要去，到那白云层里，
那儿是苍空，不是平地。

唐朝的微笑

在古老的尘封里，
死绿的，斑落的；
一叶青石上，
刻着那古装的神像：
我从侧面窥探，
她在庄严下
冷淡的，沉默着
一抹笑角的希微。
你是青石上的神像，
野地的含羞草也像你。

秋江

有无数张缓缓西行的帆片，
薄刀似的顺着江流在分割
两岸的平芜，浅山，山后的天，
也切碎了江上向晚的淡泊。

也有片小小秋江上的帆篷，

载满暮色的渺远，风的无言，
它割裂了又轻轻给它弥缝，
那云堆，重山，平芜似的思念。

黄河谣

浩浩的黄河不是从天上来的，
它是我们父亲的田渠，母亲的浣溪；
从噶达齐苏老峰奔流到大海，
它是我们父亲的田渠，母亲的浣溪。
在它两岸我们祖先的二十四个朝代，
它听到我们父亲的呼劳，母亲的悲哀。

浩浩的黄河永远不会止歇的
它有我们父亲的英勇，母亲的仁慈；
奔泛时像火焰，静流时像睡息，
它有我们父亲的威严，母亲的温宜。
五千年来它这古代的声音总在提问：
可忘了你们父亲的雄心，母亲的容忍？

何其芳的诗

何其芳（1912—1977），重庆万县人。1935 年毕业于北京大学哲学系。历任延安鲁迅艺术文学院文学系教员、系主任，中共四川省委委员、宣传部部长，新华日报社副社长，北京大学文学研究所、马列学院教员，中国社科院文学所所长、《文学评论》主编。第一、二、三届全国政协委员，第三届全国人大代表，中国文联委员，中国作家协会理事、书记处书记。

预言

这一个心跳的日子终于来临！
呵，你夜的叹息似的渐近的足音，
我听得清不是林叶和夜风私语，
麋鹿驰过苔径的细碎的蹄声！
告诉我，用你银铃的歌声告诉我
你是不是预言中的年青的神？

你一定来自那温郁的南方！
告诉我那里的月色，那里的日光！
告诉我春风是怎样吹开百花，
燕子是怎样痴恋着绿杨！
我将合眼睡在你如梦的歌声里，
那温暖我似乎记得，又似乎遗忘。

请停下你疲劳的奔波，
进来，这里有虎皮的褥你坐！
让我烧起每一个秋天拾来的落叶，
听我低低地唱起我自己的歌！
那歌声将火光一样沉郁又高扬，
火光一样将我的一生诉说。

不要前行！前面是无边的森林，
古老的树现着野兽身上的斑文，
半生半死的藤蟒一样交缠着，
密叶里漏不下一颗星星。
你将怯怯地不敢放下第二步，
当你听见了第一步空寥的回声。

一定要走吗？请等我和你同行！
我的脚步知道每一条熟悉的路径，
我可以不停地唱着忘倦的歌，

再给你，再给你手的温存！
当夜的浓黑遮断了我们，
你可以不转眼地望着我的眼睛！

我激动的歌声你竟不听，
你的脚竟不为我的颤抖暂停！
像静穆的微风飘过这黄昏里，
消失了，消失了你骄傲的足音！
呵，你终于如预言中所说的无语而来，
无语而去了吗，年青的神？

欢乐

告诉我，欢乐是什么颜色？
像白鸽的羽翅？鹦鹉的红嘴？
欢乐是什么声音？像一声芦笛？
还是从稷稷的松声到潺潺的流水？
是不是可握住的，如温情的手？
可看见的，如亮着爱怜的眼光？
会不会使心灵微微地颤抖，
而且静静地流泪，如同悲伤？

欢乐是怎样来的？从什么地方？

萤火虫一样飞在朦胧的树阴？
香气一样散自蔷薇的花瓣上？
它来时脚上响不响着铃声？

对于欢乐，我的心是盲人的目，
但它是不是可爱的，如我的忧郁？

爱情

晨光在带露的石榴花上开放。
正午的日影是迟迟的脚步
在垂杨和菩提树间游戏。
当南风无力地
从睡莲的湖水
把夜吹来，
原野
更流溢着郁热的香气，
因为常春藤遍地牵延着，
而菟丝子从草根缠上树尖。
南方的爱情是沉沉地睡着的，
它醒来的扑翅声也催人入睡。

霜隼在无云的秋空掠过。

猎骑驰骋在荒郊。
夕阳从古代的城阙落下。
风与月色抚摩着摇落的树。
或者凝着忍耐的驼铃声
留滞在长长的乏水草的道路上，
一粒大的白色的殒星
如一滴冷泪流向辽远的夜。
北方的爱情是警醒着的，
而且有轻趫的残忍的脚步。

爱情是很老很老了，但不厌倦，
而且会作婴孩脸涡里的微笑。
它是传说里的王子的金冠。
它是田野间的少女的蓝布衫。
你呵，你有了爱情
而你又为它的寒冷哭泣！
烧起落叶与断枝的火来，
让我们坐在火光里，爆炸声里，
让树林惊醒了而且微颤地
来窃听我们静静地谈说爱情。

祝福

青色的夜流荡在花阴如一张琴。
香气是它飘散出的歌吟。
我的怀念正飞着，
一双红色的小翅又轻又薄，
但不被网于花香。
新月如半圈金环。那幽光
已够照亮路途。
飞到你的梦的边缘，它停伫，
守望你眉影低垂，浅笑浮上嘴唇，
而又微动着，如嗔我的吻的贪心。
当虹色的梦在你黎明的眼里轻碎，
化作亮亮的泪，
它就负着沉重的疲劳和满意
飞回我的心里。
我的心张开明眸，
给你每日的第一次祝福。

夏夜

在六月槐花的微风里新沐过了，
你的鬓发流滴着凉滑的幽芬。
圆圆的绿阴作我们的天空，
你美目里有明星的微笑。

藕花悄睡在翠叶的梦间，
它淡香的呼吸如流萤的金翅
飞在湖畔，飞在迷离的草际，
扑到你裙衣轻覆着的膝头。

你柔柔的手臂如繁实的葡萄藤
围上我的颈，和着红熟的甜的私语。
你说你听见了我胸间的颤跳，
如树根在热的夏夜里震动泥土？

是的，一株新的奇树生长在我心里了，
且快在我的唇上开出红色的花。

王辛笛的诗

王辛笛(1912—2004)，原名王馨迪，江苏淮安人。毕业于清华大学。历任光华大学、暨南大学教授，诗刊《民歌》主编，中华文艺协会候补理事、秘书，上海市财政局秘书科长，中联部华东办事处办公室副主任，上海市食品工业公司公方副经理，梅林工业集团公司顾问，中国作家协会上海分会副主席等。曾任中国作家协会第四届理事，第五、六届名誉委员，上海政协常委等。

对照

俯与仰一生世

石像之微笑与沉思

会让你忆念起谁

秋天的叶落如在昨夜

黑的枝干有苔莓

告诉你林中路的南北

但新生的凝绿点却更带来新生的希望

点点的声音是点点光的开落

雨后雨后故国的迢遥

杯盘该盛饰着试剪的果菜

但去年浅酌尝新的人呢

听钟声相和而鸣

东与西　远与近

罗马字的指针不曾静止

螺旋旋不尽刻板的轮回

昨夜卖夜报的街头

休息了的马达仍须响破这晨爽

在时间的跳板上

白手的人

灵魂

战栗了

人生

人生多种样

有人一生就做一个题目

有人是题目多于文字

有人一直是"无题"

有人是做就做了没有想到题目

有人是不要题目而题目来了

我什么都不要说
更不说疲倦
我只想做一点我们应该做的事情
能做多少就是多少
我只想立着像一方雕像
虽然沉默
可是他有美有力
由坚凝取得了永久

人间的灯火

我永远怀着一颗飞蛾扑火的心，
因为我总是眷恋人间的灯火。
太阳，我赞美你的光辉；
但遇到阴天落雨的日子，
白昼并不因见不到你，
而减弱它的来临！
月亮，我歌唱你的美丽；
但你圆时少，缺时多，
在无月无星或是冷雨如箭的时辰，
黑夜就吞噬了一切！
永远可亲的毕竟是人间的灯火，

我靠它打夜工，
我靠它读夜书，
我还靠它走夜路，
别小看它是一只灯笼，
还是深山中的一点微红。
人类就是靠自己智慧的光，
照亮了未来的世界！

祖国，我是永远属于你的

我把你大块大块地
含在嘴里，
就像是洁白如玉的油脂一样，
生怕它溶化了，
因为你是属于我的！

看见有人用手指指着你讲话，
我就生怕你遭受伤残，
就像手指要戳进我的眼珠，
我是爱护眼珠一样在爱护你，
因为你是属于我的！

我的脉管流着你热呼呼的血液，

我的心胸燃烧着你长征的火炬，
我的每一粒细胞都沉浸着幸福，
我的每一根神经都弹奏着尊严，
我是个百分之百的中国人，
在金不换的愉快中，
我从来没有想到什么叫作卑微！

我爱你爱得这样深沉，
我爱你爱得这样热烈，
即便是在那些田野间劳动
而黑云压城城欲摧的日子里，
我心的深处还是从不间断地
闪耀着你的光辉！
尽管你经历过千百年来
多少次尘世的劫火，
你抚摩着伤口，揩干了身上的血迹，
却仍自昂然挺进，
你是一个超越世世代代的巨人！

祖国，让我展开双臂，
虔诚地拥抱起你脚下的大地，
但是，九百六十万平方公里
是何等的广袤辽阔呵，
我掇起的只能是一把你的

又肥沃又香甜的黑土，
放进我背上的行囊，
然后向你坦荡的心怀走去，
大声地说：
祖国，你是属于我的，
同样，我是永远属于你的
——一个忠诚的儿子！

浪子从远方回来

浪子从远方回来

面临岸边

一丛丛秋水蒹葭

再一次照回自己的影子

无言无语

不说孤独

不说憔悴

且先踱到桥上

问风景是否依旧

问风景是否这边独好

要不要好好地亲一亲

脚下日思夜想的泥土

徐迟的诗

徐迟（1914—1996），原名徐商寿，浙江吴兴人。曾就读于苏州东吴大学文学院。历任《中原季刊》执行编辑，《人民中国》编辑、文教组组长兼秘书，《诗刊》副主编，湖北省文联副主席，中国作家协会湖北分会副主席、名誉主席等。中国文联第四届委员，中国作家协会第三、四届理事。《哥德巴赫猜想》《地质之光》等获全国优秀报告文学奖。

赠诗人路易士

你匆匆地来往，
在火车上写宇宙诗，
又听我说我的故事，
拍拍我的肩膀。

我记得你的乌木的手杖，
是它指示了我的，
艳丽的毒树产在南非洲，
又令我感伤，又令我戒备。

出现在咖啡座中，
我为你述酒的颂；
酒是五光的溪流，
酒是十色的梦寐。

而你却鲸吞咖啡，
摸索你黑西服的十四个口袋，
每一口袋似是藏一首诗的，
并且你又搜索我的遍体。

我却常给你失望，
因为我时常缄默，
因为你来了，握了我的手掌，
我才想到我能歌唱。

苔雪的溪水上

苔雪的溪水上，
荻芦的塘岸，
故乡的竹篱，
短墙上繁茂着牵牛花——
圣杯与承露的瓶啊。

江南的帆樯
航行着的运河线上，
虽然是暗黑，空虚的大，
然而可爱的是
从祖父传下来的屋宇。

七十二峰的太湖的风，
风吹着，
水田，桑林，祠庙与屋宇，
在故乡的住处，
感情与诗奇怪地融合了。

东栅，吊桥湾，洗粉兜，
有那样昳丽的名字的地方，
水车与芙蓉鸟唱着俚俗的歌谣呢。

兴啊福啊的小桥与小巷，
平和的象征，静穆的长廊，
我的恋的指南针是向着这里的。

小姐们衣着辑里村的盛誉的丝，
幸福的地图上，恋的生地与归宿，
何况是晴和的春秋佳日？

我骄傲苔雪的溪水上的故乡，
这是我的生地，我的慈母的生地，
而现在又是，在那肥腴的土地上，
栽下着我的恋了。

京胡

难得啊，难得得很，
叫我爱一只京胡的歌，
我可以说，从来都没有过。

这全世界最响亮的乐器，
他总在你耳朵边吵闹，
总在你不要他的时候来到，
我总是等它自己疲倦，
它从来不疲倦，我只有逃走，
可是我逃出了半里路还听见
这全世界最响亮的乐器，
而且，我在半里路之外，听见
半里路之外的另一只京胡。

总有一个嗓子跟着他的，

也总是全世界最响亮的嗓子，
而且也从来不知道疲倦，
摆着他的头，背向着京胡，
反绑了自己的手，哎哎……哎……

江南

一

火车在雨下飞奔，
车窗上都是水珠，
模糊了窗外景色。

火车车窗是最好的画框，
如果里面是春雨江南，
那就是世界上最好的画。

清明之后，谷雨之前，
江南田野上的油菜花，
一直伸展到天边。

只有小桥、河流切断它，
只有麦田和紫云英变换它，

油菜花伸展到下一站，下一站。

透过最好的画框，
江南旋转着身子，
让我们从后影看到前身。

二

千万个帆已经升起，
春夜江面，平静如镜，
快快，快快打过长江去，
让春风吹上江南土地。

夜深突破了江防线，
信号弹飞上暗黑的天，
黎明里，漫山遍野解放军，
游击队出山来相迎。

解放的红旗插上了江南，
工农兵群众打下了江山，
正是春光好，秧苗初长，
江南好，人人喜洋洋。

东山旅行

看啊，这一座果树林下的房子，
这四五个果树林下的小径和小溪，
这浓密的果树林组成的村镇，
这漫山漫谷的果树林的东山啊，
一忽儿各种花同时开放了，
一忽儿各式各形的果实累累，
条条巷子，条条山路，
都在樱桃林下面，
都在杨梅林下面，
那些是初夏的馨香和液汁，
至于银杏，白琥枣，
洞庭红橘和栗子，
那将是今年秋天里的故事，
现在所见的只有青翠而已，
一个大湖将果林的土地包围了，
人们把这大湖称为太湖，
帆船和捕鱼船荡漾在水波上，
它正在一年年地淤塞而衰老，
然而那风浪依然能震吓旅客。
孩子们，现在爬山捉松鼠去了，

徐迟的诗

129

独自留下我一个在山腰的寺院中
比洗澡过后，我感觉到还更清洁，
清爽的空气洗拭了我的脏腑，
一卷"浮士德"，一壶碧螺春，
那是我的享受的大尖顶。

我等待着孩子们从大尖顶回来，
太阳沉下了果树林外的白茫茫的湖，
明天我又要回到我的工作中去了，
我将有更强的生命力与工作力。
因为在我的胸中添入了豁壑。

阮章竞的诗

阮章竞(1914—2000)，广东中山人。历任游击队指导员，八路军太行山剧团团长，太行文联戏剧部长，华北局宣传部文艺处处长、副秘书长，中国作家协会党组成员、青年作家工作委员会主任，北京市文联副主席，市作家协会主席、名誉主席。第五届全国政协委员，全国文联候补理事、委员。作品获冀鲁豫边区诗歌特等奖。

风沙

天，一片昏昏黄黄，
风，像黄河的浊浪。
刚才还是万里无云，
转眼变成天地无光。

两三步之外，
看不见人影。
沙子钻进牙床，

尘土迷住眼睛。

卡车拼命地响着喇叭
在黄风阵里寻找方向；
失掉光亮的两只大灯，
像泡在浓茶里的蛋黄。

这是风沙称王称霸的世界，
是我们黄金不换的地方。
我们要像抖净床单一样，
把这整天风沙倒进海洋。

天地，分不出来，
颜色，分不出来，
只有从人的眼睛和牙齿，
才能看见白色的光彩。

饭堂像盖在黄河水底，
火炉不发热，空气全是泥。
白米饭蒙着层黄粉，
不是肉末而是沙子。

不要怨天怨地皱眉头，
拿出今天人的本事：

把万古荒凉和风沙，
嚼烂在我们的嘴里！

明天吐还它一个泥团，
捏出一个叫人眼红的、
洁白干净没有风沙的、
万紫千红的钢铁城市。

赣南行

沿着赣江向南行，
清晨雾，罩群山。
沿川杨柳沿江绿，
一川绿水，一江白渔帆。

远山蓝，近山紫，
樟树似绿云团团起，
菜田吐蕊迎春来，
遍川铺了金毯子。

久站江边等渡船，
对岸云峰鹰飞扬，
柳林雄马声唤起：

当年红旗夜渡江！

青山、翠岭、十八滩，
杜鹃如血点斑斑，
红色战士的脚踪上，
骄松绿满红山岗。

过宁都

沏茶，喝琴江的水，
会餐，吃梅江的鱼。
水美鱼又鲜，
移步望江天：
春风吹雨洒楼台，
白壁上悬"彭湃县"！

青山似海朝北去，
旧念如潮在翻腾：
冲锋号起琴江怒，
肉搏刀挥梅水浑！
英雄儿女多少次，
高唱凯歌敲城门！

山雨霏霏早报春，
四看桃花红遍城，
身如鹰飞的红军像，
似驾东风在奔行，
梅水桥头我三揭手，
感谢英雄的宁都人！

虎门功劳炮赞

榕荫，故垒，问海鸥：
功劳炮，此老高寿？
怒浪狂涛，岗崩岩碎，
抗英炮魂魄未走，
矍铄抖擞，
虎虎昂首珠江口。

回想当年，炮舰封海，
炮烟封天，炮浪震九州。
尖角狰狞，垂涎三尺，
约翰牛腥，一海风膻臭。

清廷上下，金銮左右，
锥形顶戴，胡马蹄袖，

太和殿上，颤抖风飕飕，
竟无一个是解牛手，
独有虎门炮群，
敢向毒枭帝国齐怒吼！

舰桅打折，舵盘倒转，
血污南海，女皇愁。
华夏英豪，大长威风扬志气，
大清皇帝，却低头俯首：
割香港，赔尽人民膏血，
换来个瓜分中国开了头！

血凝南海何曾散？
恨塞汪洋何曾消？
虎门炮浪，何曾歇？
点炮的火把，何曾灭？
铮铮铁骨，何曾锈？
何曾被百年雷击倒？
何曾被百年西洋风吹朽？

雪耻辱，圆金瓯，
主权，不能谈判，
主权，不打折扣！
退要退足，还要还够，

百分之百，
不存在九十九点九！

种瓜得瓜，种豆得豆，
谁播种耻辱，谁来收。
看侵略者，兜着耻辱，
拖着哈喇，
踉踉跄跄，卷旗走！

功劳炮，
送饕餮，
鸣三炮，
告全球，
警霸道：
偷吃中国的熟芋头，
千年万年都烫手！

看明年，七月一，回归日：
浪献素馨，海抖蓝绸，
各族人民，
万代千秋，
感谢邓公，
善运筹！

三百里西江路

三百里西江路，
三百里相思树。
许愿西行鬓青青，
白头才识西江绿：
步步相思树。

霏霏细雨蓝色雾，
三百里嘀嗒绿明珠。
笛声柔柔水悠悠，
三百里江轮犁碎玉，
雨丝飘粤曲。

童年看山山惆怅，
老大看树树忧郁。
得天独厚故家山，
何故忧郁未真绿？
你说，西江路？

三百里西江路，
三百里相思树：

珠江乘风升白帆，
三百里西江三百里树，
放胆争先绿。

鲁藜的诗

鲁藜(1914—1999)，原名许徒弟，福建同安人。1933 年加入反帝大同盟，后参加左联，1938 年入延安抗大学习。历任晋察冀军区民运干事、战地记者，天津市文协主席，中国作家协会天津分会副主席。中国作家协会第四届理事。著有诗集《醒来的时候》《儿时的歌》《红旗手》《鹅毛集》《鲁藜诗选》，短篇小说集《枪》等。

醒来的时候

——有一次夜行军，抵宿营地，露营于田野上，兄弟们都在憩息，睡了一个白天，我醒来时，又是黑夜了。

醒来的时候，我不知道睡了多久，多久
我重见了我可爱的国家和可爱的世界

一切完全变了

漫漫的天际山原上缀镶着牵牛花
可爱的国土，已经睡了，我在山巅上翱翔
我要去访问每个村落，每个兄弟
我忘记了自己，我是秋天的昆虫吗
我歌唱着，一支一支永不完
我是萤火虫吗，在山谷间提着灯火
我是黑风吗，在山脉上奔流

我爱我的国土，我爱我的世界
我不去惊动他们，我要用我的眼睛
永远地望着他们，守卫着他们……

春天

春天，野丁香花开了
用她的堇色的花蕊
点缀着我们战争的田野

春天，没有忘却
在炮火里的我们
我们战争里
也没有忘却我们的春天

春天照样来
野丁香花照样开
我们兄弟们采摘着它
在大路上，大踏步地走着，走过

夜葬

我们的兄弟死了
我们抬着他

记不清甚么村子
也记不清甚么时刻
哦，不要紧
就是那个神圣的土地
那些战斗的日子

我们把他放下去
放下去
挖得太浅吧
掘得深一些
把他深深地埋住
恰好有月亮
我们的队伍走不多远

我们还来得及赶上

好好地动手
不要把石头也掉下
敲得棺盖乱响
不要叫我们的兄弟
睡得不舒服
他，睡得那么甜
一个勇敢的人
勇敢地战死
就是最大的快乐

没有墓碑怎么办
不要紧
这里正好一棵大树
就在树干上刻下他的名字

树呵，不要被狂风吹倒
吹不倒的
有勇敢人在它的旁边

今夜，一点风也没有
月光那么静
照着兄弟的墓上

一切都好了
我们走呀
趁着前面还有步伐的声响
慢一点，站好
给我们的兄弟最后敬礼
于是，我们都举起了手

泥土

老是把自己当作珍珠
就时时有被埋没的痛苦

把自己当作泥土吧
让众人把你踩成一条道路

骆驼

想起骆驼
心中就充满敬意
经过沙漠的人
就懂得它的庄严

有一天，我在这城市里看见它
许多人围着它，望着它
用食物诱惑它，用鲜花掷它
向它喊叫着，向它歌唱着
它永远是那样地高昂着头
双目不动地向远方瞭望
它望着永远要走去的道路
那一步比一步更宽阔的世界
那无穷无尽光辉的未来

严辰的诗

严辰（1914—2003），原名严汉民，江苏武进人。历任延安文艺界抗敌协会、鲁迅艺术文学院研究室和中央党校四部创作员、教师，华北联合大学、华北大学文学系教师，中国作家协会专业作家，《人民文学》副主编，《新观察》主编，黑龙江省文联副主席，中国作家协会第二、三、四届理事及第五、六届名誉委员，《诗刊》主编、顾问。著有诗集《唱给延河》等20余部。

我来了

我来了，
像一只大雁，
带着热情的歌唱，
从荒凉无边的沙漠，
穿过万里长空，
来到伙伴们生动活跃的队伍里。

我来了，
像山谷里流出的
一支清冷的泉水，
跳过岩石，冲过堤坝，
经过小河，经过大江，
奔流到了广阔的
波涛汹涌的海洋。

我来了，
像一个飘泊的流浪人，
跨过饥寒的道路，
跨过被迫害的道路，
跨过侮辱和残暴
所铺成的艰险的道路，
含着一把辛酸泪
投进了慈母的怀抱……

我来了，
带着长久的相思，
长久的爱慕。

我来了
带着默默的骄傲，
和发自心底的

不可遏制的欢笑……

我来了！

南湖

南湖像明镜一样纤尘不染，
反映出整个世界风云变幻，
别看它这时波平浪静，
转瞬间将掀起一场惊涛狂澜。

冲破沉闷的空气，
湖上荡过来一条丝网船，
轻点篙，慢摇橹，
勇敢地载负起历史的重担。

一条普通的丝网船——
一个伟大生命的摇篮，
七月流火，红旗初展，
亲人齐欢呼，敌人心胆寒。

穿过漫漫长夜，
穿过雷劈电闪，

红旗像烈焰燃遍大地，
辉映了祖国的万里江山

国旗

十月的清新的风，
吹过自由中国的广场，
耀眼的五星红旗，
在蓝色的晴空里飘扬。

旗啊，你庄严又美丽，
就像刚开放的花朵一样；
你是英雄们的鲜血涂染，
从斗争的烈火里锻炼成长。

我们，全体中国人民，
曾经日夜不停地织你，
我们织你用生命和爱情，
用自由幸福的崇高的理想。

当你在祖国的晴空升起，
我们所有的眼睛都注视着你，
所有的喉咙呼喊你，歌颂你，

严辰的诗

所有的手都卫护你，向你敬礼！

当你在祖国的晴空升起，
一切事物迅速地起着变化，
陈腐的要新生，暗淡的要有色彩，
衰老的变年青，丑陋的变漂亮。

愁苦的得到了欢乐，
污浊洗净，黑暗的发出光芒，
沉默的无声的国土，
到处爆裂出雷动的笑声和歌唱。

国旗呵，你是战斗的意志，
表现了我们无穷无尽的力量，
你被人民百年来所追求，
又指引人民去到新社会的方向。

太阳会落下，
河水会干涸，
你——中国人民胜利的旗帜，
却永远年青，永远高高地飘扬在世界上！

望天树

你亭亭玉立
高出于众树之上

白云缭绕着树冠
雄鹰在你身边翱翔

山峰因你而挺拔
森林因你而雄壮

你像天然的路标
为旅人指点方向

看着你，精神奋发
油然升起战斗的渴望

你时刻睁着警惕的眼睛
守卫着祖国的边防

严辰的诗

风雨花

小小的风雨花
开在路边，开在山林

没有桃花的娇态
没有玉兰的清芬

谁都不注意你的存在
并非由于你的谦逊

狂风暴雨猛烈袭来
玉兰凋谢桃花飘零

你却依旧傲然挺立
无所畏惧顽强坚韧

红色、粉色的小小花儿
仍迎着风雨愈开愈茂盛

田间的诗

田间 (1916—1985)，安徽无为人。1933年参加左联。1938年到晋东南参加八路军，不久赴延安与柯仲平等人发起街头诗运动。后任陕甘宁边区文协副主任。1949年后历任中国作家协会创作办公室主任，中央文学艺术研究所秘书长，中央文学讲习所主任，河北省文联主席，河北省人大常委，中国文联全委会委员，中国作家协会理事、党组成员，第五届全国人大代表。

假使我们不去打仗

假使我们不去打仗，
敌人用刺刀
杀死了我们，
还要用手指着我们骨头说：
"看，
这是奴隶！"

义勇军

在长白山一带的地方，
中国的高粱，
正在血里生长。
大风沙里
一个义勇军
骑马走过他的家乡，
他回来：
敌人的头，
挂在铁枪上！

棕红的土地

在亚细亚
这泥壤上，
染污着
愤恨，
侮辱；
我祖国的耕牧者呵，
离开卑污的沟壑，

和衰败的
村庄，
去战争吧，
去驱逐
帝国的
军队；
以我们顽强而广大的意志，
开始播种——
人类的
新生！

阿佤人

别看悬崖这样奇突，
它是兄弟们的乡土。
枪声从悬崖上落下，
他迎着枪声走上去。
他是谁？他是什么人？
要记住，他是个阿佤人。
他的身上中了九颗枪弹，
他还是握紧了长刀，
一步一步攀上悬崖，
把敌人的头领砍掉！

芒市

芭蕉是它的门户，
竹林是它的围墙；
一条长长的街道，
就在竹林的中央。

一边是木瓜树，
瓜儿吊挂在树上；
一边是绒球花，
满树上花色金黄。

街上傣族的姑娘，
她们今天把鲜花戴上，
白的纱衫绿的围裙，
好像湖水来回荡漾。

为了欢迎缅甸朋友，
她们来到一个广场；
广场上画的鸽子，
和她们自己正相仿。

芭蕉是它的门户，
竹林是它的围墙；
芒市像一个天国，
这里是和平之乡。

从山那边来的客人，
请看我们的边疆，
千里芦苇千里花香，
在你们的身边摇荡。

龙川江的两岸，
太阳花在摇荡；
茂密的芭蕉林，
送来一片鼓响。

芭蕉林里一片鼓响，
我们向客人们歌唱：
"我们是忠实的朋友，
我们待你像亲戚一样！"

田间的诗

157

袁水拍的诗

袁水拍（1915—1982），笔名马凡陀，江苏吴县人。1937年在香港参加文艺界抗敌协会，任候补理事、会刊编辑。后历任上海《新民报》《大公报》编辑，《人民日报》编辑、文艺组组长，中宣部文艺处处长，文化部艺术研究所负责人。中国文联第一、三届委员，中国作家协会第一、二届理事，第三、四届全国人大代表。著有诗集《马凡陀的山歌》《向日葵》等。

赠友

小小的牛犊在山坡上，
尖尖的耳朵摆了又摆。
斜着的眼睛像榆叶的形状，
胆小地朝我望望。
背脊骨是弯下的，
腹部的肋骨一条一条，
稀稀的颈毛没有一点光泽。

一匹没有母亲也没有亲人的
小小的牛犊在山坡上。

理发匠

理发匠熟悉地运用着他的剪子，
把剪子嚓嚓嚓地在空中敲响。
夹着梳子的手搬弄你的头，
像整理一块荒芜已久的草场，
他整理着你这乡下来的人。

洗掉你鬓发里的稻草屑，
塞没你皮肤上的毛孔，不能呼吸，
剃掉你脸颊上的太阳光，
用膏，用油，再用粉，涂着，抹着，
他整理着你这乡下来的人。

太阳岛

太阳岛——多么奇特的名字，
也许出自马雅可夫斯基的诗，
太阳曾经到这儿作客？

或者，太阳就在这儿住。

浅黄的沙滩给嫩绿的岛镶边，
浓荫下工人休养所挨个儿相连，
院子里翻转的游艇正在新漆，
漆好的已下水，红仓底粉蓝舷。

冰雪无踪，北国过了严冬，
宽阔的松花江微波溶溶。
太阳岛，你静候着假日的笑容，
可是对岸人们的心早已飞到你怀中。

美哉海南岛

海波轻拂沙滩，
椰树高插云端，
红梅相配金银桂，
春桃秋菊一齐开。
美哉海南岛，
祖国掌上宝！

海底探珍珠，
水产比珍珠更可贵；

深山采宝石，
还有宝石一样的木材。
美哉海南岛，
祖国掌上宝！

花香草香果子香，
橡胶、香茅、菠萝黄，
地里出糖，海里出盐，
水稻两熟不消一年。
美哉海南岛，
祖国掌上宝！

垦荒筑路造水库，
和当年红军比艰苦。
要用我们的双手，
把这颗海上明珠打扮得天下无双！
美哉海南岛，
祖国掌上宝！

西双版纳之夜

十三条壁虎把守着四墙，
美人蕉探进了开着的窗，

袁水拍的诗

161

满院里月光大雨一般下，
枕边颤抖着一万对翅膀。

芭蕉的阔叶盖严了大地，
剑麻的钢锋刺破了天空，
澜沧江翻着筋斗往前冲，
花香把剩下的空间填充。

节日的铓锣没有断过声，
百丈的焰火等待着飞升。
听不见竹楼边笛子低语，
一双金鹿闯进猎人的梦。

邹荻帆的诗

邹荻帆(1917—1995)，湖北天门人。全国文艺界抗敌协会发起人之一，在第五战区从事文化工作，后历任香港《文汇报》《大公报》特约撰稿人，香港《华商报》特约编辑，文化部对外文化联络局联络处长，《文艺报》副秘书长、编辑部主任，《世界文学》编委，《诗刊》副主编、主编。中国作家协会第三、四届理事。诗集《邹荻帆抒情诗》获全国优秀诗歌奖。

江边

尽在江楼怀故国的弟兄吗？
你看江边芦荻的萧瑟，
是谁品玉笛的时候？
白线的波纹长系着水鸟的银翅，
江风驶向了丛林，
从天外送来的是谁的归帆呀！

江边是寂寞的，
我爱寂寞。
寂寞的山中曾寂寞地生长过千仞青松，
松针是无数乐键，
它奏过江潮澎湃的调子
叫起了满山的蛰虫。

夜来了，
江潮紧一阵，又紧一阵，
我朝着一星渔火的岸边摸索，
倩渔舟载我渡过这长江，
我将折芦管吹奏故国的曲子，
用泪水润着歌喉，
低唱着："祖国呵！……"

四月

四月的季节
筑堤人的消息还是杳然，
乡村是冷落的，
茶馆子的老板娘闲坐在榆树荫下，

柳梢没有红色的酒帘啦，

山歌对答的人也不见了；
采桑女怀恋着远人哩，
有一串泪珠挂在嫩弱枝头。
金黄的麦田里
白棉衣的妇人身子弯成了弓，
镰刀的弦上弹动着麦穗，
轻微的叹息化作了茅蓬的炊烟，
晚风中只归鸦乱噪
有谁共细语。
而携竹筐送饭的也只是孤单孩子，
一声犬吠惊得他哭跳。

是谁踏着长堤上的野草归来呢？
啊！过路人的影子。

给年轻的歌手们

夜行人在山谷中
会燃起一星灯，
这是古老的传说，——
嗥狼的红眼睛
怕灯火所射出的金箭，
挟尾而逃奔。

在今天，
祖国的原野
为黑暗所笼罩，
急风扫过了树林，
那跃过山岗与湖沼
咆哮着的猛兽
朝我们睁红着眼睛
发出了紧促的呼吸。……

我们
年轻的歌手们呵，
是应当把我们的笔
——那一把烽火——
燃烧得更亮些。
而且应当跨着一匹奔放的马
驰走在风沙
驰走在广阔的原野
驰走在每个角落，……
像泻注着几万万匹马力的长江与黄河，
给与南北方群众以温暖的乳浆。

我们更应当有着
谟罕默德传教的精神，

一只手抓紧笔杆，
一只手举起钢枪，
向侮辱者、侵略者。
射击。……

由于我们举起了笔杆与钢枪，
黑暗将要熔化，
猛兽将要惊退，
我们更追击着
朝着黑暗
朝着猛兽。
年轻的歌手们呵，
迅速地
坚勇地
举起我们的笔杆与钢枪吧，
不要等待黑暗与猛兽来啃噬着我们。

想着你面海的窗

想着你面海而敞开的窗，
浪打着盐船在那里
海燕冒着风雨地嘶叫在那里
濯洗着腥红的海棠般朝阳在那里

而你在那里向白云下的远城投信
痛苦地思考着这世纪的庄严的问题。
夜来
海上松弛着一卷黑绸，
窗子是你的耳朵，
你　听见
中国海的海水从万丈的深渊
哗腾着黑色的牡丹，
而一只瓜皮艇如箭射向你窗口射来
后面流弹追逐着，
你将有一个朋友的握手。

走向北方

穿过了滴绿的树林
与淡墨水的远山，
赭石色的大路上，
我们以沉重的脚步
走向北方。

北方是广阔的，
那些线条模糊的地方
我们走近了，

更想望着
那更远的
蒙在白云下
爬上青苔的古城，
以及插上瓦松的黑色的屋脊。……

每天，
我们跋涉在
灼热与尘封的大路上，
沙子与汗水填在耳根，
贴在背上的
是湿答答的汗衣，
沙子钻破了草履呵，
一天天
我们的脚掌磨得更粗砺了，
我们将以粗砺的脚趾
快乐而自由地行走在中国的每一条路上，
吻合着祖先们的足迹。

晚间，
我们投落在
墙壁霉湿的屋子里，
围着跳跃的烛光，
用生水吞着那走了味的麦饼，

草席上我们脱下沾着泥土的鞋，
"记忆"数着大路上的脚印：
哦，那停住了呼吸的农场上的风车，
那悬在木门上的锈绿的铜锁，
它们的主人走了，
只留着黄犬叫着寂寞。……

烛火跳跃着，
灼热的心也随着烛光跳跃着呀！
祖国呵，
我们为着争求您的自由与光明，
灼热的心无时不是在追逐着遥远的风沙，
而不辞万里的行程啦。

烛火以微弱的光
剪破了黑暗，
我们微弱的力量
将也能如一星燎原的火
而递燃着四万万五千万支灯芯焰吗？

烛火跳跃着，
我们以红色的笔
勾写着明天的计划与行程，

在明天啊，

我们更将坚决勇敢地走向北方的北方。

陈敬容的诗

陈敬容(1917—1989)，四川乐山人。1935 年在北京大学、清华大学旁听学习。曾任重庆北碚文史杂志社编辑，重庆文通书局编辑，1948 年与他人创办《中国新诗》月刊、《森林诗丛》等。1949 年后历任最高人民检察院文书员、研究员，《世界文学》杂志作品组组长，《人民文学》编辑。诗集《老去的是时间》获中国作家协会第二届优秀诗集奖。

旗手和闪电

何处是你航程的终点？
你从何处起碇？
只是一片茫茫的夜色，
一片茫茫的水！

你将如何把握
生命的不绝的摇落？
当午夜梦回，你的眼睛

在回忆与希望间彳亍。①

有的已经熄灭，
有的呢，还没点燃；
来，守护着这一星灯火，
从风，从雨，从无边的阴暗！

挥动那大旗呵，
勇敢的旗手！
你看，水边，山崖，
人们都在走——

因为春刚刚到来，
而冬还没有去远；
他们焦急地在等待
那春天第一道闪电！

在激流中

饱尝痛苦的人没有叹息
久经悲哀的人没有眼泪

———————————
① 彳亍，chìchù，慢步走，走走停停，徘徊。

在生活的激流中回旋
我们时常忘记了
风，云，和水
忘记了蓝天

时间永远奔流
我们永远航行
没有起点也没有终点
生命是一个
永恒的圆圈——

不是一道弧
或者一条虚线
我们背负着希望
背负着梦想
迈步在辽阔的空间

当你说星星会唱歌
我相信
当你说蜡烛会流泪
我相信
而且我又想起战争与和平里
那个名叫娜塔莎的女孩子
她在星月辉耀的窗前

设想着自己就会飞去

陌生的我

我时常看见自己
是另一个陌生的存在
独自想着陌生的思想
独自讲着陌生的语言
当我在街头兀立
一片风猛然袭来
我看着一个陌生的我
对着陌生的世界

许多熟悉的事物
我穿的衣裳
我住的房屋
我爱读的书籍
我爱听的音乐
它们都不是真正属于我
就连我的五官四肢
我说话的声音
我走路的姿势
也不过是一般之中的

一个偶然

在空间里和时间里
我随时占有
又随时失去
我如何能夸说
给出什么我的所有

我没有我自己
当我写着短短的诗
或是长长的信
我想试把睡梦里
一片阳光的暖意
织进别人的思想里去

我在这城市中行走

我在这城市中行走
背负着我的孤独
无论是汽笛呜呜
华灯的醉眼
对我都只是暂时的招呼

城市，钢骨和水泥
和硬化了的笑容像面具
每一幅广告是一堵厚墙
越装得堂皇越叫人寒心

在习俗的泥泞里
嘲笑自己，又被他人嘲笑
一样的表面，怎么分辨
哪一边低，哪一边高？
皱眉睁眼，或是发几声苦笑
可怜的人，一样还是给绑住了
有一天我们将会认不清
远的山水，近的四壁
过去和现在都糅进一个中心
而未来已在不觉里孕育
已看够了我们的嬉笑痛哭
它抱住所有的沙砾
让岁月去淘炼
最后给出最纯的珍珠。

眼睛

最澄清的湖水蓄满在婴儿的眼睛，

当世界还没来得及向湖面投影；
纵然有时从梦中哭醒，面对的
也只是甜甜的奶汁，微笑的母亲。

惊叹号在少男少女的明眸中舞蹈，
为了许多事物，时时狂喜地蹦跳；
云的姿态、花的颜色、河海的浩淼……
童话般的景象，谁说得清有多少！

青年人眼睛的湖上逐渐有问号游荡，
带同理想和希望，忧郁或迷惘；
焦急不安里燃烧起丰满的热情，
智慧要穷究一切，勇敢要摘取星光。

成功的喜悦或失败的苦闷，
在中年人眼波里交替滋生；
道路才走了一半，半道上更多
跌扑，何处有平坦的大道直透云层！

谦逊的宇宙蕴藏着奥秘无限，
赶路人呵，何需时时去打听终点；
勤奋地探索，虚心地检验——
头顶是天空：辽阔、缄默、庄严。

杜运燮的诗

杜运燮(1918—2002)，福建古田人。毕业于西南联合大学外国文学语言系。大学期间曾应召入飞虎队和中国驻印军任翻译三年多。1945年后历任重庆《大公报》编辑，新加坡中学教师，香港《大公报》副刊编辑，《新晚报》电讯翻译，新华社国际部编辑、翻译，山西师范学院外语系教师，中国社科院研究生院研究生导师，新华社国际部编辑、翻译，译审。

滇缅公路

不要说这只是简单的普通现实；
试想没有血脉的躯体，没有油管的
机器；你们该起来歌颂：就是他们，
（营养不足，半裸体，挣扎在死亡的边沿）
就是他们，冒着饥寒与疟蚊的袭击，
每天不让太阳占先，从匆促搭盖的
土穴草寨里出来，挥动起原始的

杜运燮的诗

179

锹铲，不惜仅有的血汗，一厘一分地
为民族争取平坦，争取自由的呼吸。

歌唱呵，你们，就要自由的人民，
路给我们希望与幸福，而就是他们
（还带着沉重的枷锁而任人播弄）
给我们明朗的信念，光明闪烁在眼前。
我们都记得无知而勇敢的牺牲，
永在阴谋剥削而支持享受的一群，
与一种新声音在响，一个新世界在到来，
如同不会忘记时代是怎样无情，
一个浪头，一个轮齿都是清楚的教训。

看，那就是，那就是他们不朽的化身：
穿过高寿的森林，经过万千年风霜
与期待的山岭，蛮横如野兽的激流，
以及神秘如地狱的疟蚊大本营，……
就用勇敢而善良的血汗与忍耐
踩过一切阻挡，走出来，走出来，
给战斗疲倦的中国送鲜美的海风，
送热烈的鼓励，送血，送一切，于是
这坚韧的民族更英勇，开始欢笑：
"我起来了，我起来了，我已经自由！"

路永远使我们兴奋，都来歌唱呵！
这是重要的日子，幸福就在手头。
看它，风一样有力，航过绿色的田野，
蛇一样轻灵，从茂密的草木间
盘上高山的背脊，飘行在云流中，
俨然在飞机座舱里，发现新的世界，
而又鹰一般敏捷，画几个优美的圆弧
降落下箕形的溪谷，倾听村落里
安息前欢愉的匆促，轻烟的朦胧中
溢着亲密的呼唤，人性的温暖，
于是更懒散，沿着水流缓缓走向城市。

而，就在粗糙的寒夜里；荒冷
而空洞，也一样负着全民族的
食粮；载重车的黄眼满山搜索，
搜索着跑向人民的渴望；
沉重的橡皮轮不绝滚动着，
人民兴奋的脉博，每一块石子
一样觉得为胜利尽忠而骄傲：
微笑了，在满足而微笑着的星月下面，
微笑了，在豪华的凯旋日子的好梦里。

征服了黑暗就是光明，它晓得；
你看，黎明红色消息已写在

每一片云上，攒涌着多少兴奋的头颅，
七色的光在忙碌调整布景的效果，
星子在奔走，鸟儿在转身睁眼，
远处沿着山顶闪着新弹的棉花，
滇缅公路得到万物朝气的鼓励，
狂欢地引负远方来的货物，
上峰顶看雾，看山坡上的日出，
修路工人在草露上打欠伸，"好早啊！"

早啊！好早啊！路上的尘土还没有
大群地起来追逐，辛勤的农民
因为太疲劳，肌肉还需要松弛，
牧羊的小孩正在纯洁的忘却中，
城里人还在重复他们枯燥的旧梦，
而它，就引着成群各种形状的影子
在荒废久年的森林草丛间飞奔：
一切在飞奔，不准许任何人停留，
远方的星球被转下地平线，
拥挤着房屋的城市已到面前，
可是它，不能停，还要走，还要走，
整个民族在等待，需要它的负载。

无名英雄

只是现象：如天地的覆载，
四时的运行，海洋的辽阔……
如一切最伟大的，没有名字，
只有行动，与遗留的成果。

你们被认出在人类胜利的
史页里，在所有的心灵深处：
被诚挚地崇敬，一天天
为感激的眼泪所洗涤，而闪出

无尽的光芒，而高高照见
人类有一个光明的未来：
建造历史的要更深地被埋在
历史里，而后燃烧，给后来者以温暖。

啊，你们才是历史的生命，
人性庄严的光荣的化身。
太伟大的，都没有名字，
有名字的才会被人忘记。

盲人

只有我，能欣赏人类的脚步，
那无尽止的，如时间一般的匆促，
问他们往哪儿走，说就在前面，
而没有地方不听见脚步在踌躇。

成为盲人或竟是一种幸福；
在空虚与黑暗中行走不觉恐怖；
只有我，没有什么可以诱惑我，
量得出这空虚世界的尺度。

黑暗！这世界只有一个面目。
竟然也有人为"黑暗"而痛哭！
只有我，能赏识手杖的智慧
一步步为我敲出一片片乐土。
只有我，永远生活在他的恩惠里：
黑暗是我的光明，是我的路。

闪电

有乌云蔽天，你就出来发言；
有暴风雨将来临，你先知道；
有海燕飞翔，你指点怒潮狂飙。

你的满腔愤慨太激烈，
被压抑的语言太苦太多，
却想在一秒钟唱出所有战歌。

为此你就焦急，显得痛苦，
更令我们常常感到羞惭：
不能完全领会你的诗行。

你给我们揭示半壁天空，
我们所得的只是一阵惊愕，
虽然我们也常以为懂得很多。

雷霆暴风雨终将随之而来，
但我们常常都来不及思索，
在事后才对你的预言讴歌。

因此你感到责任更重，更急迫，
想在刹那间把千载黑暗点破，
雨季到了，你必须讲得更多。

秋

连鸽哨也发出成熟的音调，
过去了，那阵雨喧闹的夏季。
不再想那严峻的闷热的考验，
危险游泳中的细节回忆。

经历过春天萌芽的破土，
幼叶成长中的扭曲和受伤，
这些枝条在烈日下也狂热过，
差点在雨夜中迷失方向。

现在，平易的天空没有浮云，
山川明净，视野格外宽远；
智慧、感情都成熟的季节啊，
河水也像是来自更深处的源泉。

紊乱的气流经过发酵，
在山谷里酿成透明的好酒；

吹来的是第几阵秋意？醉人的香味
已把秋花秋叶深深染透。

街树也用红颜色暗示点什么，
自行车的车轮闪射着朝气；
塔吊的长臂在高空指向远方，
秋阳在上面扫描丰收的信息。

穆旦的诗

穆旦（1918—1977），原名查良铮，浙江海宁人。1940年在西南联大毕业后留校任教。1942年加入中国远征军，以翻译身份入缅甸战场抗日。1949年赴美国留学，入芝加哥大学英国文学系学习。1952年获文学硕士学位。1953年回国，后任南开大学外文系副教授。著有诗集《探险队》《穆旦诗集（1939～1945）》《旗》。译著有《青铜骑士》《云雀》等。

赞美

走不尽的山峦的起伏，河流和草原，
数不尽的密密的村庄，鸡鸣和狗吠，
接连在原是荒凉的亚洲的土地上，
在野草的茫茫中呼啸着干燥的风，
在低压的暗云下唱着单调的东流的水，
在忧郁的森林里有无数埋藏的年代
它们静静地和我拥抱：

说不尽的故事是说不尽的灾难，沉默的
是爱情，是在天空飞翔的鹰群，
是干枯的眼睛期待着泉涌的热泪，
当不移的灰色的行列在遥远的天际爬行；
我有太多的话语，太悠久的感情，
我要以荒凉的沙漠，坎坷的小路，骡子车，
我要以槽子船，漫山的野花，阴雨的天气，
我要以一切拥抱你，你，
我到处看见的人民呵，
在耻辱里生活的人民，佝偻的人民，
我要以带血的手和你们一一拥抱，
因为一个民族已经起来。

一个农夫，他粗糙的身躯移动在田野中，
他是一个女人的孩子，许多孩子的父亲，
多少朝代在他的身边升起又降落了
而把希望和失望压在他身上，
而他永远无言地跟在犁后旋转，
翻起同样的泥土溶解过他祖先的，
是同样的受难的形象凝固在路旁。
在大路上多少次愉快的歌声流过去了，
多少次跟来的是临到他的忧患；
在大路上人们演说，叫嚣，欢快，
然而他没有，他只放下了古代的锄头，

再一次相信名词，溶进了大众的爱，
坚定地，他看着自己溶进死亡里，
而这样的路是无限的悠长的
而他是不能够流泪的，
他没有流泪，因为一个民族已经起来。

在群山的包围里，在蔚蓝的天空下，
在春天和秋天经过他家园的时候，
在幽深的谷里隐着最含蓄的悲哀：
一个老妇期待着孩子，许多孩子期待着
饥饿，而又在饥饿里忍耐，
在路旁仍是那聚集着黑暗的茅屋，
一样的是不可知的恐惧，一样的是
大自然中那侵蚀着生活的泥土，
而他走去了从不回头诅咒。
为了他我要拥抱每一个人，
为了他我失去了拥抱的安慰，
因为他，我们是不能给以幸福的，
痛哭吧，让我们在他的身上痛哭吧，
因为一个民族已经起来。

一样的是这悠久的年代的风，
一样的是从这倾圮的屋檐下散开的
无尽的呻吟和寒冷，

它歌唱在一片枯槁的树顶上，
它吹过了荒芜的沼泽，芦苇和虫鸣，
一样的是这飞过的乌鸦的声音
当我走过，站在路上踟蹰，
我踟蹰着为了多年耻辱的历史
仍在这广大的山河中等待，
等待着，我们无言的痛苦是太多了，
然而一个民族已经起来，
然而一个民族已经起来。

发现

在你走过和我们相爱以前，
我不过是水，和水一样无形的沙粒，
你拥抱我才突然凝结成为肉体：
流着春天的浆液或擦过冬天的冰霜，
这新奇而紧密的时间和空间；

在你的肌肉和荒年歌唱我以前，
我不过是没有翅膀的喑哑的字句，
从没有张开它腋下的狂风，
当你以全身的笑声解开我的睡眠，
使我奇异的充满又迅速关闭；

你把我轻轻打开，一如春天
一瓣又一瓣的打开花朵，
你把我打开像幽暗的甬道
直达死的面前：在虚伪的日子下面
解开那被一切纠缠着的生命的根；

你向我走进，从你的太阳的升起
翻过天空直到我日落的波涛，
你走进而燃起一座灿烂的王宫；
由于你的大胆，就是你最遥远的边界：
我的皮肤也南献出了心跳的虔诚。

我歌颂肉体

我歌颂肉体，因为它是岩石
在我们的不肯定中肯定的岛屿。

我歌颂那被压迫的，和被蹂躏的，
有些人的吝啬和有些人的浪费：
那和神一样高，和蛆一样低的肉体。

我们从来没有触到它，

我们畏惧它而且给它封以一种律条，
但它原是自由的和那远山的花一样，丰富如同
蕴藏的煤一样，把平凡的轮廓露在外面，
它原是一颗种子而不是我们的奴隶。

性别是我们给它的僵死的诅咒，
我们幻化了它的实体而后伤害它，
我们感到了和外面的不可知的联系
和一片大陆，却又把它隔离。

那压制着它的是它的敌人：思想，
（笛卡儿说：我想，所以我存在。）
但什么是思想它不过是穿破的衣裳越穿越薄弱
越褪色越不能保护它所要保护的，
自由而活泼的，是那肉体。

我歌颂肉体：因为它是大树的根。
摇吧，缤纷的枝叶，这里是你稳固的根基。

一切的事物使我困扰，
一切事物使我们相信而又不能相信，就要得到
而又不能得到，开始抛弃而又抛弃不开，
但肉体是我们已经得到的，这里。
这里是黑暗的憩息，

是在这块岩石上，成立我们和世界的距离，
是在这块岩石上，自然寄托了它一点东西，
风雨和太阳，时间和空间，都由于它的大胆的
网罗而投在我们怀里。
但是我们害怕它，歪曲它，幽禁它；
因为我们还没有把它的生命认为是我们的生命，
还没有把它的发展纳入我们的历史，
因为它的秘密远在我们所有的语言之外。

我歌颂肉体：因为光明要从黑暗站出来，
你沉默而丰富的刹那，美的真实，我的肉体。

听说我老了

我穿着一件破衣衫出门，
这么丑，我看着都觉得好笑，
因为我原有许多好的衣衫
都已让它在岁月里烂掉。

人们对我说：你老了，你老了，
但谁也没有看见赤裸的我，
只有在我深心的旷野中

才高唱出真正的自我之歌。

它唱着，"时间愚弄不了我，
我没有卖给青春，也不卖给老年，
我只不过随时序换一换装，
参加这场化装舞会的表演。

"但我常常和大雁在碧空翱翔，
或者和蛟龙在海里翻腾，
凝神的山峦也时常邀请我
到它那辽阔的静穆里做梦。"

停电之后

太阳最好，但是它下沉了，
拧开电灯，工作照常进行。
我们还以为从此驱走夜，
暗暗感谢我们的文明。
可是突然，黑暗击败一切，
美好的世界从此消失灭踪。
但我点起小小的蜡烛，
把我的室内又照得通明：
继续工作也毫不气馁，

只是对太阳加倍地憧憬。

次日睁开眼，白日更辉煌，
小小的蜡台还摆在桌上。
我细看它，不但耗尽了油，
而且残流的泪拄在两旁：
这时我才想起，原来一夜间，
有许多阵风都要它抵挡。
于是我感激地把它拿开，
默念这可敬的小小坟场。

蔡其矫的诗

蔡其矫 (1918—2007)，福建晋江人。1939年毕业于延安鲁迅艺术学院文学系。1940年后历任华北联合大学文学系教员，晋察冀军区司令部作战处军事报道参谋，中央人民政府情报总署东南亚科科长，中国作家协会文学讲习所教员、教研室主任，汉口长江流域规划办公室政治部宣传部长，福建作家协会专业作家、副主席、名誉主席、顾问。福建省第五、六届政协委员。

祈求

我祈求炎夏有风，冬日少雨；

我祈求花开有红有紫；

我祈求爱情不受讥笑

跌倒有人扶持

我祈求同情心——

当人悲伤

至少给予安慰

而不是冷眼竖眉；
我祈求知识有如泉源
每一天都涌流不息，
而不是这也禁止，那也禁止；
我祈求歌声发自各人胸中
没有谁要制造模式
为所有的音调规定高低；
我祈求，
总有一天，再没有人
像我做这样的祈求！

双桅船

落下两片白帆
在下午金色的海面上
像落下两片饥渴的嘴唇
紧贴着大海波动的胸膛

在它下面
是随着微波欢笑的阳光
在它上面
是含情不语的风

我想
这就是船对海的爱
和周围对这爱的颂扬

瀚海

戈壁，就是海。

有白色的砾石的海
在阳光下如火炫目
叫人不敢逼视；

有碱蒿的绿色的海
远望如清凉草原
星散着牧马和牛羊；

也有滚滚黄沙的海
不动的浪波航过骆驼
有时像船，有时像帆；

而连绵不断的褐色山脉
永远为这些海镶边。

托克逊的风

远远就看到它的影子
飞沙从地上扬起
树都向东南歪斜
山都消失了
地平线近在眼前
沙的流水横过公路
沙的云雾淡化平芜
更上的飞沙高扬
有如马群狂奔
骆驼飞腾
兀鹰展翅
直到昏天黑地时
车都不敢行走
碎石抛打挡风玻璃
裂成星的花纹……

醉海

浪涛汹涌的大海

一朵朵迎向未来的花
永开不败的百合
无边碧绿之上的飞水
扬起了弦琴的弓
播送一阵阵的清新
朝向低垂的太阳

飞溅泡沫的号角
在万里长空的无声中
吹响黑暗的记忆
寒意侵远近
想讲的话都讲不出
感情的永恒在余晖中旋转
一切都如眸在天

在灵魂复苏之前
已经很久没有平静
流矢虽落
伤口淌出的字未消
晚霞在海面幻成血迹
梦乡的金色玫瑰在哪里？

热爱生命源头的眼睛
默默包容所有不幸

从失事中产生的思念
穿透秘密在夜半吻你

我迷醉你的潮流
崇尚你的涌动
为世纪指出新路
渴念都趋向你
自由的蓝色象征啊!

郭小川的诗

郭小川（1920—1976），河北丰宁人。1937 年参加八路军，从事政治工作，1941 年入延安马列学院文艺理论研究室学习，历任冀察热辽分局机关报《群众日报》副总编辑，《天津日报》编委，中南局宣传部宣传科副科长、宣传处长，中宣部理论宣传处副处长、文艺处副处长，中国作家协会理事、书记处书记、秘书长等。著有诗集《投入火热的斗争》《致青年公民》等。

草鞋

预备号刚刚落音，
我就换上我的草鞋
跑步，钻进我的同志之群去了。

班长说：
"你的草鞋真漂亮……"
我涨红了脸，低下头……

而出发的号音正响起来，
我就淹没在一条草绿色的
无数的人群的河流里
冲走了。

……而我发现
我的同志们都穿的是草鞋，
我是多么地快活呀，
他们的好像比我的更美丽。

呵，那不像是草鞋，
那是鲜艳的小野花群，
草鞋排成行列
行过绿色的草原，
有如野花漂游在蓝澄的溪水面上。
不，那好像又不是野花，
那是一列彩色的小鸟，
一个小鸟追逐着一个小鸟，
以它英雄的姿影
炫耀给世界。

草鞋的尖顶
结着骄傲的彩球：
圆圆的，

毛茸茸的，

摇着头而泛着光丝的……

草鞋的羽翼

呈着反叛的色调：

像旗帜那么殷红的，

像野葡萄那么紫得大胆的，

像小草那么绿得年轻的……

草鞋的上面

有阳光

有小风

抚以温情的热吻；

草鞋的底下

有大地

有浅草

唱着沉洪的壮歌。

可是，这美丽的草鞋，

却忠实地卫护着我的同志的脚

  像旱地里的船只

  载着这光荣的旅客。

  草鞋是负着我的同志的光荣，

  正如土地，以负着草鞋的光荣

  而引为骄傲呢。

我的同志个个都是年轻力又大，
我的同志的脸都亮着黑红，
我的同志的眼睛都闪着深沉的骄傲，
我的同志的心都跳着勇敢，
我的同志的喉咙都含着无声的战歌，
我的同志的枪光闪烁，
我的同志的步武轩昂，
我的同志的草鞋呀，
是无限奋激地向前奔行。

而我发现
我也是其中的一个呀！
我是如此快活——
快活得好像已不是穿着草鞋走路，
像是骑着小鸟，
飞驰在祖国的神圣的天空上了。

秋歌

——之一

秋天来了，大雁叫了；
晴空里的太阳更红、更娇了！

谷穗熟了，蝉声消了；
大地上的生活更甜、更好了！

海岸的青松啊，风卷波涛；
江南的桂花呀，香满大道。

草原的骏马啊，长了肥膘；
东北的青山呀，戴了雪帽。

呵，秋山、秋水、秋天的明月，
哪一样不曾印上我们的心血！

呵，秋花、秋实、秋天的红叶，
哪一样不曾浸透我们的汗液！

历史的高山呵，层层迭迭！
我们又爬上十丈高坡百级阶。

战斗的途程呵，绵延不绝！
我们又踏破千顷荒沙万里雪。

回身看：垒固、沟深、西风烈，
请问：谁敢迈步从头越？

回头望：山高、水急、冰川裂，
请问：谁不以手抚膺长咨嗟？

风中的野火呵，长明不灭！
有多险的关隘，就有多勇的行列。

浪里的渔舟呵，身轻如蝶！
有多大的艰难，就有多壮的胆略。

我曾随着大队杀过茫茫夜，
此刻又唱"雄关漫道真如铁"。

我曾随着战友访问黄洋界，
当年的白军不知何处死荒野！

只有江河的流水长滔滔，
只见战斗的红旗永不倒！

只有勇士的豪情日日高，
只见收获的季节年年到。

哦，秋天来了，大雁叫了；
晴空里的太阳更红、更娇了！……

哦，谷穗熟了，蝉声消了，
大地上的生活更甜、更好了！……

乡村大道

一

乡村大道呵，好像一座座无始无终的长桥！
从我们的脚下，通向遥远又遥远的天地之交；
那两道长城般的高树呀，排开了绿野上的万顷波涛。

哦，乡村大道，又好像一根根金光四射的丝绦！
所有的城市、乡村、山地、平原，都叫它串成珠宝；
这一串串珠宝交错相连，便把我们的锦绣江山缔造！

二

乡村大道呵，也好像一条条险峻的黄河！
每一条的河身，至少有九曲十八折；
而每一曲、每一折呀，都常常遇到突起的风波。

哦，乡村大道，又好像一道道干涸的沟壑！
那上面的石头和乱草呵，比黄河的浪涛还要多；
古往今来的旅人哟，谁不受够了它们的颠簸！

三

乡村大道呵，我生之初便在它上面匍匐，
当我脱离了娘怀，也还不得不在上面学步；
假如我不曾在上面匍匐学步，也许至今还是个侏儒。

哦，乡村大道，所有的山珍土产都得从此上路，
所有的英雄儿女，都得在这上面出出入入；
凡是前来的都有远大的前程，不来的只得老死狭谷。

四

乡村大道呵，我爱你的长远和宽阔，
也不能不爱你的险峻和你那突起的风波；
如果只会在花砖地上旋舞，那还算什么伟大的生活！

哦，乡村大道，我爱你的明亮和丰沃，
也不能不爱你的坎坎坷坷，曲曲折折；
不经过这样的山山水水，黄金的世界怎会开拓！

甘蔗林——青纱帐

南方的甘蔗林哪，南方的甘蔗林！
你为什么这样香甜，又为什么那样严峻？

北方的青纱帐啊，北方的青纱帐！
你为什么那样遥远，又为什么这样亲近？

我们的青纱帐哟，跟甘蔗林一样地布满浓荫，
那随风摆动的长叶啊，也一样地鸣奏嘹亮的琴音；
我们的青纱帐哟，跟甘蔗林一样地脉脉情深，
那载着阳光的露珠啊，也一样地照亮大地的清晨。

肃杀的秋天毕竟过去了，繁华的夏日已经来临，
这香甜的甘蔗林哟，哪还有青纱帐里的艰辛！
时光像泉水一般涌啊，生活像海浪一般推进，
那遥远的青纱帐哟，哪曾有甘蔗林里的芳芬！

我年青时代的战友啊，青纱帐里的亲人！
让我们到甘蔗林集合吧，重新会会昔日的风云；
我战争中的伙伴啊，一起在北方长大的弟兄们！
让我们到青纱帐去吧，喝令时间退回我们的青春。

可记得？我们曾经有过一个伟大的发现：
住在青纱帐里，高粱秸比甘蔗还要香甜；
可记得？我们曾经有过一个大胆的判断：
无论上海或北京，都不如这高粱地更叫人留恋。

可记得？我们曾经有过一种有趣的梦幻：

郭小川的诗

211

革命胜利以后，我们一道捋着白须、游遍江南；
可记得？我们曾经有过一点渺小的心愿：
到了社会主义时代，狠狠心每天抽它三支香烟。

可记得？我们曾经有过一个坚定的信念：
即使死了化为粪土，也能叫高粱长得秆粗粒圆；
可记得？我们曾经有过一次细致的计算：
只要青纱帐不倒，共产主义肯定要在下一代实现。

可记得？在分别时，我们定过这样的方案：
将来，哪里有严重的困难，我们就在哪里见面；
可记得？在胜利时，我们发过这样的誓言：
往后，生活不管甜苦，永远也不忘记昨天和明天。

我年青时代的战友啊，青纱帐里的亲人！
你们有的当了厂长、学者，有的做了编辑、将军，
能来甘蔗林里聚会吗？——不能又有什么要紧！
我知道，你们有能力驾驭任何险恶的风云。

我战争中的伙伴啊，一起在北方长大的弟兄们！
你们有的当了工人、教授，有的做了书记、农民，
能再回到青纱帐去吗？——生活已经全新，
我知道，你们有勇气唤回自己的战斗的青春。

南方的甘蔗林哪，南方的甘蔗林！
你为什么这样香甜，又为什么那样严峻？
北方的青纱帐啊，北方的青纱帐！
你为什么那样遥远，又为什么这样亲近？

青纱帐——甘蔗林

看见了甘蔗林，我怎能不想起青纱帐！
北方的青纱帐啊，你至今还这样令人神往；
想起了青纱帐，我怎能不迷恋甘蔗林的风光！
南方的甘蔗林哪，你竟如此翻动战士的衷肠。

哦，我的青春、我的信念、我的梦想……
无不在北方的青纱帐里染上战斗的火光！
哦，我的战友、我的亲人、我的兄长……
无不在北方的青纱帐里沐浴过壮丽的朝阳！

哦，我的歌声、我的意志、我的希望……
好像都是在北方的青纱帐里生出翅膀！
哦，我的祖国、我的同胞、我的故乡……
好像都是在北方的青纱帐里炼成纯钢！

这里却是南方，而不是遥远的北方；

北方的高粱地里没有这么甜、这么香！
这里却是甘蔗林，而不是北方的青纱帐；
北方的青纱帐里没有这么美，这么亮！

北方的青纱帐哟，常常满怀凛冽的白霜；
南方的甘蔗林呢，只有大气的芬芳！
北方的青纱帐哟，常常充溢炮火的寒光；
南方的甘蔗林呢，只有朝雾的苍茫！

北方的青纱帐哟，平时只听见心跳的声响；
南方的甘蔗林呢，处处有欢欣的吟唱！
北方的青纱帐哟，长年只看到破烂的衣裳；
南方的甘蔗林呢，时时有节日的盛装！

何必这样问呢——到底更爱南方，还是北方？
我只能回答：我们的国土到处都是一样；
何必这样问呢——到底更爱甘蔗林，还是青纱帐？
我只能回答：生活永远使人感到新鲜明朗。

风暴是一样地雄浑呀，雷声也一样地高亢。
无论哪里的风雷哟，都一样能壮大我们的胆量；
太阳是一样地炽烈呀，月亮也一样地甜畅，
无论哪里的光华哟，都一样能照耀我们的心房。

露珠是一样地明澈呀，雨水也一样地清凉，
无论哪里的雨露哟，都一样是滋养我们的琼浆；
天空是一样地高远呀，大地也一样地宽敞，
无论哪里的天地哟，都一样是培育我们的温床。

啊，老战士还不曾衰老，新战士已经成长，
我们的人哪，总是那样胆大、心细、性子刚；
啊，老一代还健步如飞，新一代又紧紧跟上，
我们的人哪，总是那样胸宽、气壮、眼睛亮。

看吧，当敌人挑衅时，甘蔗林将叫他们投降；
那甜甜的秸秆啊，立刻变为锐利的刀枪！
看吧，当敌人侵犯时，甘蔗林将把他们埋葬；
那密密的长叶啊，立刻织成强大的罗网！

北方的青纱帐啊，你为什么至今还令人神往？
因为我们的甘蔗林呀，已经是新时代的青纱帐！
南方的甘蔗林哪，你为什么这样翻动战士的衷肠？
因为我们的青纱帐呀，埋伏着千百万雄兵勇将！

吕剑的诗

吕剑(1919—2015)，原名王聘之，山东莱芜人。1943年加入中国抗敌文协，历任文协昆明分会常务理事，文协港粤分会理事，昆明《扫荡报》副刊主编，香港《华商报》副刊主编，《中国诗坛》编委，北方大学艺术学院教师，华北大学文艺研究室研究员，随军记者，《人民文学》编辑部主任、诗歌组长，《诗刊》《中国文学》编委。著有诗集《进入阵地》等。

我常常注视着

我常常地常常地注视着，
从无限广阔的地平线上，
突然出现的建筑的群体。
注视着那些宏伟的楼房，
带着玫瑰与绿玉的色彩，
带着纷繁的悦耳的音乐，
一天一天地在上升上升，

在那片湛蓝的天幕上，
现出鲜明多姿的轮廓。

我常常地注视着它们，
一天一天地上升上升。
它们植根于地层的深处，
带着一种新奇的冲击力，
不可遏止地飞速地生长。
它们巨大的形体有如城堡，
又像崔巍的峰峦一般坚强。
不，它们从外到内的丰采，
简直难于一下子加以辨识。

我常常地常常地注视着它们，
注视着它们幻境一般的变化。……
但我看到的仿佛又并不是建筑，
是一种新的精神在成长在高扬。
我常常地注视着它们，
于是不禁默默地默默地
成为它们的强固的血肉。……

鼓浪屿

能不能告诉我，鼓浪屿！
你是从天而降的一片宫阙吗？
是无意之间的坠落，
还是神灵有意的安排？
当飞云从你这里经过，
楼台亭榭或隐或现，
琼花瑶草忽灭忽明，
从虚无缥缈中窥见的，
是琼楼玉宇中的仙人吗？
晃岩从你的中心直上苍穹，
它以得到的最富饶的阳光，
使你的红瓦碧树分外光华，
是因靠得日神最近最受宠爱吗？
当明月浮空，照着你的小巷，
透过无数的曲栏和纱窗，
琴声洋溢而又这般清雅悠扬，
是九重天上独有的音乐吗？
那么，我此番叩问你的宫墀，
并非驾着一叶扁舟而来，
而是飘然羽化而登仙了吗？

不，鼓浪屿，你分明是
一座真实的地上园林。
我在海滩上走去走来，
看见孩子们在戏水、拾贝。
在曲径岩顶，看见情人们
摄下自己的青春的笑靥。
我的朋友在你小楼的窗前，
一灯相对，写下自己的诗句。
在古老华厅里，有的人家
正和海外归来的亲人畅叙阔别。
我看见，游人下得山来，
不休地谈着郑成功的水操台，
和蔡元培"正气不可淘"的题诗。
又像对比，又像即景——
我又看见，有人也还谈着
身历的一些悲欢离合的故事，
谈着太平洋的并不太平，
以及还没有四海为一的岛屿。
至于我，难道只是多想流连
你满山相思树下的清荫，和
飘溢四外的不名的花香吗？
不，我直想一登你的最高峰头，
极目远天云海，抚石长啸，

一吐我的壮怀、我的积愫！
但请原谅，鼓浪屿，
你不怕惊破了你特有的天籁吗？

三角梅

三角梅又名九重葛，秋时开花

——笔记

早就有人对我说过，
"此花只应天上有"，
说你是九重天上的五彩葛。
那么，又是为了什么，
你从天上降临到了人间？

来到闽海之滨，
到处都能见到你。
你是特别倾心于这片土地吗？
竟是如此恣意地在这里生长，
又是如此忘我地为这里放光。
在这风和日丽的秋日，
仿佛我也分享到你的赐予了——

你无处不迎我以微笑，
紫红的、绛黄的、洁白的；
你无时不朝着我微笑，
天真地、端庄地、脉脉地；
且因你的花枝摇曳于我的手中，
彩蝶纷纷向我的身边飞来了。

还有谁比你更大方的吗？
你和这里的人们同处同乐。
你在多少人家的庭院中招展，
安恬地迎着雨后的晨光，
闪烁着满头欲滴还收的清露。
你在这一带山谷，那一带高岗，
慷慨地为人们铺展着、铺展着，
一匹又一匹绚烂无比的云锦。
你攀上万丈悬崖，从碧空中
泻下一道又一道缤纷的飞瀑，
飞瀑遂之把你爽朗的笑声，
你的笑声又杂着人们的赞叹，
交予微风与行云，飘洒开去了。

三角梅，三角梅，
我不信你是来自天上的女神，
我只信你是我们南国的女儿。

你热烈而不轻佻，
你浓妆而不妖冶。
有一次趁着星光探访你，
友人还特别告诉我，
那海上扑来的黑风，
那天外卷来的寒潮，
也从来不能使你示弱，
你以密叶繁花的灵魂，
作为对那些暴力的回答。

是不是日有所思？——
我竟在梦中与你相遇了。
"那么，你能随我远走吗？
东北的雪原，西北的大漠，
中原的黄土，西南的高山，
都对你怀有秋日的无限相思！"
你含笑点头，默无一语。
等一抹朝阳招我醒来，
发现你正嫣然贴在我的衣襟上。

枯根

不全是为了觅求古拙的装饰，

我从野外捡回一块小树的枯根。

"难道甘心与你生活过的日子、
与你往日的葱茏，宣告诀别吗？"

幻想使我暗暗感到快慰，
我把它埋到了一个花盆里，
浇上水，罩上透明的薄纱，
放在窗前惠临阳光的地方。

一个漫长的冰封雪冻的冬天，
我们就这样相对无语地过去了，
它竟然一点消息也没有，
有时简直令我感到失望了。

谁料晚春的一个清早，
我的眼前不禁粲然一亮：
从它的顶端，竟然闪射出了
笑盈盈的、两粒小小的绿星。

"猜你本就深掩着一颗不熄的心，
一直没有停歇地召唤着春天！

"那么！你将以你再生的灵魂，

为新来的岁月呈献些什么呢？"

无名木

在一幢高楼的危檐之下，
无言地独立着一棵大树。

它婆娑着宽厚的叶子，
将绿色的光投进人家的窗户；
它欢迎鸟雀栖止它的枝头，
与其风中的叶片同韵歌唱。

每当春暮，也许是夏初，
它就纷披一堆一堆的香雪；
而真正到了大雪纷飞的严冬，
满身白蕊又把它的枝条压弯了。

它从没有傲视过身前的小草，
它从没有介意过藤蔓的缠绕；
它象一位心慈面善的智慧老人，
跟它周围的一切默默地打着招呼。

其实它还没有真到老年，

它依然充满着蓬勃的生意；
只是由于风雨阅历得太多太多，
它才修炼得如此恬淡自若的吧！

它是如何生于斯、长于斯的？
附近从来没有任何人理会过；
直至某一天有谁说了一句话，
这才改变了众人对它的冷漠：

"以一副热肠惜护着它吧，朋友，
不要因它无名就以为它并不珍奇！"

声　明

　　经多方努力，本书仍有若干作品未能与版权所有人取得联系。请版权所有人见书后与我们联系（HRWX2011@163.com），以便及时支付稿费。感谢理解与支持！